用右。腦。寫的書

李純恩

序

還是用右腦

聊天的時候朋友問我，現在的 AI 可以幫我寫稿嗎？我說如果可以當然好，可惜做不到。

AI 可以學習一個作家的寫作風格，但學不到隨機應變的靈氣。寫作風格可以模仿，比如寫出一篇很像那個作家寫的文章。但也就是「很像」，「很像」來自從舊作中蒐集到的舊素材，若是沒有學過的新東西，AI 就寫不出來了。

寫文章的靈感是即時的，尤其寫散文，有了主題之後，常常東拉西扯，旁徵博引，引出許多相關有趣味的東西來豐富主題，比如說一個人，可以旁及到其他人，形容一樣食物，可以用到風景，寫貓狗寵物，可以拉扯到人類感情，甚至身邊朋友哪個像貓哪個似狗。諸如此類，都是即興的靈感聯想，方方面面，隨手拈來，沒有公式定論，過了那一剎那，連自己都寫不出來。這種隨機應變的能力，也是一個作家的閱歷和靈性所致，若想模仿，也只能仿個熟口熟面的皮毛，終究是代替不了原作的。

這也是左腦和右腦的分別，左腦管理科，右腦管文科，我們的右腦生發的創意和情感其實是複雜和不易捉摸的，這裏面包括了太多的觸機，太多一時興起的靈感，連我們自己都很難理出個頭緒，不知道下一刻會生發些什麼念頭出來，別人怎麼去學？

如果想 AI 寫一篇像自己寫的文章，首先要給大量的素材讓它學習，然後在每次寫文章之前把想寫的內容大意和特定的素材寫給它，等它寫完了還一定要修改，有這樣的工夫，還不如自己動手寫算了。AI 是可以代我寫文章，但寫出來必是行貨，如對自己的作品尚有要求，不想作品變成行貨，那還是要靠自己的右腦，要自己動手。

目錄

寶馬山風景

旅遊

羚羊谷 100
蛇窩 102
九百年一把鎖 104
聖家教堂 106

飲食

人生

寶馬山風景

今天是我家潑水節

今年六月Sam跟我和周寧説想娶我們女兒君怡的時候，我問他：「想清楚了？」他説是的。我再問：「你肯定？」他説肯定。於是我告訴他中國那句老話，「嫁出去的女兒，潑出去的水」，並解釋了大概意思。這個澳洲仔隱隱約約理解到我是在説「責任轉移」的話題，連連點頭，欣然接受。

然後就討論什麼時候辦婚事。慶幸的是我們都有共識，那就是自己的事情不要打擾朋友。這就可以舒舒服服一切從簡。澳洲的親家John和Jackie沒來過中國旅行，我就提議趁我十月份在張家界旅行的時候，把他們也請來，一起在湘西遊山玩水，看看張家界的奇異風景，看看山清水秀的鳳凰古城。John 也畫畫，很喜歡黃永玉的作品，一直心嚮往之，那就可以帶他到永玉先生的家鄉看看，然後再到長沙看黃老的一百周年大展。如此旅程一定玩得盡興。待從大陸回香港，擇一日，自家人聚在一起，備鮮花和酒，請周寧的妹夫容律師見證，雙方家長簽字，大事可成。

如此商定。眨眼就到了十月中，按計劃，周寧帶着君怡、Sam 和澳洲親家從香港飛到張家界跟我匯合，七日六夜，在山區經歷了晴雨雲霧各種天氣，看盡千變萬化的山中奇景，喝糯米酒，嘗湘味美食，從張家界一路玩到鳳凰玩到長沙，興高采烈。然後回到香港，休整一日，便到了今天。

今天是個好日子，2024 年 10 月 23 日，黃曆顯示「宜嫁娶」，天隨人意。這就正式潑水，高興辦喜事。因此特地記一筆：以後年年今日，都是我家的「潑水節」。

哪個才難搞？

澳洲親家跟我去湘西轉一圈，回來香港完成了我們兒女的親事，該忙的都忙完了，也到了他們打道回府的時候。

臨走前一天在我家吃飯，半個月來，他們胃裏裝的中國菜比之前幾十年吃的還要多。他們說對中國印象好極了，下次還要來。我說這個當然，是我策劃的旅行嘛！不經不覺，玩票搞旅行團已有二十多年，所到之地都交到了朋友，尤其在中國大陸，一呼百應，想去哪裏都有當地朋友相助，旅途安排必然妥善，此亦人生大收穫也。

閒聊的時候說起各自的兒女，都有十分有趣而難忘的記憶。記憶是憑時間積累的，而且隨着時間流逝和孩子逐漸長大，回憶也如老酒一般，愈來愈醇香濃郁，敘述起來愈來愈有意思，即使是當時被激得發瘋的事情，如今說起也都成了樂不可支的笑談。

日子就是這麼過去的，不用每時每刻想着做什麼刻骨銘心的事情，只是不知不覺就刻骨銘心了。

話題說着說着扯到了為人女婿這件事情。我說這事東西方的習慣還真有些不同。西方女婿最怕丈母娘，似乎岳母最難搞，岳父則好應付。西方的笑話中，有好大一部分都是罵丈母娘的。但在中國則剛好相反，丈母娘看女婿，愈看愈歡喜，只要女婿醒目些，岳母很容易應付。反倒是不聲不響的岳父，看似漫不經心，卻才真要 To Be Careful。我說這話的時候也貌似漫不經心，只是坐在身邊，剛剛做了李家女婿的澳洲仔 Sam 聽了，兩眼發直看着我，若有所思。

免得以後怪從前

女兒結婚之前，我說要幫他們好好拍點照片，她說隨意拍幾張就可以了，我說不行，必須要講究些，因為照片是拍給以後看的。

年輕的時候，沒有什麼「從前」，便也不知道「以後」，兩者都是虛的。但是活着活着就到了「以後」。到了「以後」，這才知道「從前」。「從前」和「以後」之間，就是經歷。人必是有了經歷之後，才有「從前」和「以後」。所謂「前因後果」，在沒見到後果的時候，也想不到前因。

「以後」在時空上把「現在」變成「從前」。當現在還沒有變成從前的時候，許多事情是稀鬆平常的，感覺不到有什麼特別的。但當現在變成了從前，人已經活在以後，那時候說現在，就是在說從前的故事。現在發生的事情，拍的照片，彼時就是回顧。到了那時候，現在你覺得稀鬆平常的東西，予人的感受就不一樣了，往往油然生出金貴珍重之感，因為在這些東西上，你看到了拿不回來的「從前」。

「從前」就是「以後」的故事，沒有從前便沒有以後，沒有以後同樣也沒有從前。一切都在時間裏沉澱，包括人的情感和智慧。所以盡量多留下一點有意義的東西，現在或許不經意，但在以後回望，才知道從前原來這麼有意思。這便是有時候一件舊事、一張老照片那麼令人心馳神往的原因。

現在可以取悅人的東西，以後往往更加動人。這一定是要到以後才知道的。所以現在不要馬虎，能做好一點就做好一點，免得以後怪從前。

人生雅事

這天聽人說「人生十大雅事」，分別為：「聞香、聽雨、拾花、賞畫、品茗、探幽、觀雲、候月、酌酒、撫琴」。

這十種雅事是很東方的，那種韻味，也只有東方人可以理解。這便是我們說的閒情逸趣，一定要閒要逸，急不得，一急就俗了。所以整天要「緊跟時代步伐」的人便難消受，甚至連理解都理解不到的。他們以為人生不可閒，卻不明白閒中有多少美好人生。

閒情逸趣可養生，可養性。有此情趣者，會得讓心閒下來，心閒了，腦子也清醒，看世態人心也明白，少些亂七八糟的雜念，日子過得悠然些，人生也自在些。這種事情當然是上了年紀之後更容易領悟，但若可以早一些開竅，在人生忙碌拚博的階段中也會得忙裏偷閒，享受閒情，那就更好。

說回那十件雅事，大多都是只要你肯把心靜下來就可以享受的事情，所費無幾或者根本毋須花錢。對照我自己的生活習慣，除了第一項和最後一項做不到之外，其餘都是日常所為。不能聞香，是因為我鼻敏感，怕香怕煙，遇煙即打噴嚏。不能撫琴則是天生樂譜盲，試過學，卻總是學不會。至於聽雨、拾花、探幽、觀雲、候月，那便是性格使然，從小喜歡親近大自然，愛往山裏走，山裏可聽雨可拾花可探幽可觀雲。候月亦常事，在家中陽台上，等候明月在對面山頭升起，等候夜航機掠過月亮。好茶喝的，好酒飲的，好畫都在心裏繫着。

這些事情看起來都是細枝末節，沒有宏大叙事，不涉雄心大志，但可以積累人生修養，是細水長流的修煉，有益心身，有益好好過日子。

一條破褲子

我有條牛仔褲穿得很舊，舊得已經磨破了許多地方，比如膝蓋、大腿這些部位，都穿洞了。這麼一條破褲子，照理應該扔掉了，連補都不用補。但因為這條牛仔褲穿到這個年份，穿在身上卻是又軟又舒服的。我曾想過把那些破洞補起來，今時今日，穿着打上補丁的褲子上街是不會令人覺得寒酸的，因為名牌服裝店裏，打着補丁的褲子比不打補丁的褲子往往要貴很多。或者，乾脆補也不補，由得它大洞疊小洞，這樣穿出去，也是沒人嫌你寒酸的，因為在名牌服裝店裏，破了洞的牛仔褲，比打了補丁的牛仔褲還要貴得多。

這就叫時髦。

時髦應該這麼出其不意的，設計師腦筋一轉，把打着補丁的或者故意磨出洞來的衣服褲子往模特兒身上一套，本來是只有叫花子才穿成那樣的服裝，就變了身價不凡的「時裝」，一件衣服一條褲子，馬上不可同日而語了。

但設計師大概也沒想到，這麼一來，倒是為窮光蛋解困了。窮人打開衣櫃，滿櫃Fashion，隨便穿一件出去都能趕上時髦，就像前幾年人們在寧波街頭見到一個把所有衣服都穿在身上的叫花子，頓時驚為天人，說他的「混搭」，簡直就是最尖端的時髦，如此大驚小怪了一下，便令那名叫花子出了名，變了各大媒體爭相報道的「時裝達人」。

想到這裏，我就更不捨得把我那條破了許多洞的牛仔褲扔掉了，我堂而皇之穿着它去山邊放狗，或者約中環僱人在高級餐館吃飯，我仔細觀察旁人看過來的眼神，十之八九都很艷羨的，還有十之一二，當然是不懂時髦為何物的，我當然不去跟他們計較，當然也不告訴他們在穿這條褲子的時候，幾次都差點把腳指甲勾翻。我享受破褲子的柔軟，更享受穿了破褲子還被人羨慕，爽極了。

一晃就變文物

收拾舊物，見到櫃子裏還有一疊沒用過的稿紙，感覺像看到古董。

稿紙曾是寫稿人天天為伴的東西，我們這些人之所以有「爬格子動物」的雅號，就是因為每天都要面對印滿格子的稿紙。那時候，無論晨昏，每天一個字一個字填進稿紙裏，填滿了才過得了那一天。

這便覺得跟稿紙相依為命了。每天的生命，總有一部分是耗在眼前這一片格子裏。所以往格子裏填的，是時光，也是命。人總是會為各種各樣的事情賣命，有的人把命賣在田野裏，有人把命賣在工廠裏，有人在辦公室賣命，有人在餐廳裏賣命——養家活口，賣命活命。寫稿的人，便在一片格子裏賣命。這也是理所當然的，命本身是用來賣的，有命而不賣，生命也就沒有價值。所以命貴命賤都須賣，都在賣，分別只在是不是賣給識貨者。

把命賣在稿紙格子裏的人，總是自以為把命賣給了識貨者，這識貨者是稿費支付者，還有讀者。可以得到二者欣賞和善待，爬格子動物的命便也賣得其所了。

於是也應該看重幫自己賣命的稿紙，有的人會特製一些供自己使用，根據自己的寫稿習慣，印出大小和字數與衆不同的稿紙，在稿紙上印上自己的名字，蓋上印章，以示獨一無二。這也是寫稿人的一點兒自得其樂的小奢侈，一點兒不實惠但自鳴得意的小虛榮。到如今，許多小朋友大概連稿紙是什麼東西都不知道了，一張普通稿紙便成了文物，一張帶有名號的稿紙，也更加令人珍惜。家裏那一大疊沉甸甸的稿紙雖有些佔地方，但我還是決定好好保存起來，這玩藝兒已是一個逝去時代的印記，以後會愈來愈稀罕，到時候，呵呵，不賣稿，賣稿紙。

飯後三千步

大婆晚飯做了蔥油烙餅，拌了一盤北京高碑店的豆腐絲，切了一碟天福號的蒜腸，再炒一碟蔥花炒蛋夾餅吃，純北方口味的晚飯，吃得很起勁，不知不覺吃多了，捧腹而起。

吃得如此飽，不動一動不舒服，便下樓散步，沿山道走了三四千步，人便覺得輕鬆起來。中國人的養生之道其中之一就是「飯後三百步」，鬆筋活血，有助消食。如今走上三四千步，更是舒坦。

如果不想出外，吃完飯在家裏原地小跑一會也好。打開電視機，一邊看電視一邊原地跑，大約十五分鐘，已經見效，飽脹感會慢慢消失，身體鬆快。這叫吃飽飯找事幹，強過吃飽飯沒事幹。在我們小時候吃完飯是不許馬上運動的，說怕得盲腸炎。但事實又證明只要不是拚命運動就沒事，拚命運動不管吃不吃飽也都會出事。

有一次跟修哥胡楓聊天，說起要如何既長生又有活力，他說他的辦法很簡單，就是多走路。他吃完飯，放下飯碗就出街走路，若是下雨天，就在家裏繞桌而走。走了幾十年，九十歲還可以開演唱會，在台上又唱又跳，活力十足。蕭芳芳跟我說，去修哥家裏吃飯很忙，因為修哥吃飯吃得快，別人沒吃完，他已放下飯碗，然後就離座繞着桌子走，一邊走一邊跟還在吃飯的人聊天說話，還在吃飯的人就要隨着他的走勢應答，很忙，很樂。

可見「飯後三百步」不積食，飯後三千步更加有益心身，持之以恆，日久見功，延年益壽。

自己爆格

家裏的小保險箱壞了。保險箱為了證明保險，壞了就打不開了，或者這麼說，起碼保險箱的主人打不開。於是找來可以打開它的人，也就是專業開鎖師傅。

開鎖師傅帶着一箱子很專業的工具來了。他試了幾種方法都無效，說或者是電池用完了，或者是馬達壞了，沒辦法了，只有鋸開。於是便把保險箱搬到陽台上，鑿開密碼鎖外殼，然後開動砂輪電鋸，一時火花迸濺鐵屑四飛。這情景，只在講盜匪爆竊的電影中見過，如今則是自己爆格，十分刺激。

不一會師傅完工，說爆格工夫多了，工錢翻倍。等他走後，將爆開的保險箱搬出屋外，放在門邊以待一會運去垃圾站。不料對門鄰居回家看見，吃了一驚，以為我家出事，連忙傳短信詢問。我說出原由，她才鬆了口氣。有鄰里如此，可以安居。

許多年前，住在清水灣的張堅庭家中遇盜，一隻存放了他老婆許多名錶首飾的保險箱被賊人抬走。阿庭大受刺激，他像偵探一樣思考家中的格局，在腦海中想像盜賊的進出路線，然後順着路線在房間和過道裏來回走動，試圖找到些蛛絲馬跡。這當然無補於事，卻也為每一個到他家作客的朋友添一個節目，便是看他演示盜賊應該從哪裏進來，經過哪裏，然後如何抬着保險箱從哪裏出去。但凡有人來訪，他就要帶着從頭走一遍。輪到我去他家作客的時候也有如此待遇，他演示完之後問我，以後家裏保險箱應該放在哪裏才保險？我說放在當眼處就是。

你可以把東西收去家中各處，偏偏就是不放保險箱，下次賊人再來，他便會抬一個純粹的保險箱出去。

看到這裏，想知道我的保險箱裏有什麼東西嗎？嘿嘿，不告訴你。

蚊子來了

這日天氣有點燠熱，眼前黑影一閃，看清是隻花腳蚊子，隨手一拍，沒拍到，臉上一癢，原來已中招。這是今年在家裏出現的第一隻蚊子，四顧而望，找不到了。再四處尋找，還是沒找到。

蚊子的前世可能是人，不然不會這麼知道人的盲點，會躲會藏。一到這個時候，人和蚊子開始捉迷藏了。蚊子總會躲到人找不到的地方伏着，伺機又飛出來騷擾，騷擾完又不知躲去哪裏去了，令人十分沮喪。記得看過報道說有一種以色列出品的紅外線蚊子追蹤器，只要打開追蹤器，就會有紅外線射出來找到蚊子的躲藏之處，便於殲滅。這玩意兒好，過兩天去找一架試試。

以前有個故事說一個胖大和尚在野地裏脱光了衣服布施蚊子，任由蚊子叮咬，餵牠們吃飽。起初和尚還忍着，過了一會奇癢難熬，忍不住就拍死了一隻蚊子。旁觀者就責他殺生，他強辯道：「這隻蚊子之前已經來叮過，轉頭又來，犯了貪戒，打死活該！」真是佛都有火。

美國有個真人秀電視節目，參賽的男女必須一絲不掛，赤身裸體在亞馬遜森林裏生活一兩個星期。參加者很是踴躍，但只要經過一個晚上，就一定有人被蚊子咬得近乎崩潰，第二天哭喪着退賽。他們跟那個和尚一樣，深受蚊叮之苦，雖然他們一定大拍特拍打死不少蚊子，但終究不敵蚊子之惡，光着屁股捐了一夜血，吃不消了。

蚊子擾人，不須多，只要有一隻會跟你捉迷藏，足以令人精神崩潰。我決定去買一個剛才說的以色列蚊子追蹤器，儘管不便宜，但猶太人都肯花錢的東西，一定物有所值。

竟然蟬鳴了

中午在外吃飯，飯後回家，雨停了，便在樓下山道上走走。雲層很低，有飛機經過，只聞其聲不見其影，聲音困在密雲之中，悶響悶響。周圍的草木都染上了新綠，新綠在陰沉的天氣中特別醒目，加上充沛的水氣，比之陽光照射，更加養眼。

令人意外的是，蟬鳴了。

眼下還不到暮春，本應在盛夏才聽得到的蟬鳴，卻長一聲短一聲在樹林中傳出來，這蟬似乎也來得太早了些。其實香港就算到了盛夏，蟬鳴也不是很熱烈的，不像其他地方，比如上海，樹上的蟬鳴是可以整個城市響成一片的。這天在樹林裏聽到的蟬聲也是零星的，時起時停，不大成氣候，但也因為那種季節錯亂感而有趣起來。值得一記。

我順着蟬鳴往高處看，天色實在晦暗，找不到牠們的蹤迹，只能憑想像，「看到」一隻像趙少昂筆下的蟬，烏黑鋥亮，隱在水氣中，伏在樹幹上鼓翼而鳴，想把夏天提前叫出來。

蟬在中國畫裏常常出現，齊白石畫，趙少昂畫，齊白石的蟬畫得逼真，趙少昂的蟬畫得精神，都好看。如果比較，我倒是會選後者，趙少昂的蟬用重墨，蟬背上必留一個白點，蟬殼頓時光亮，蟬也由此立體起來，栩栩如生，特別靈動。如此靈動的蟬，若是在嶺南的春天叫起來，倒也匹配。

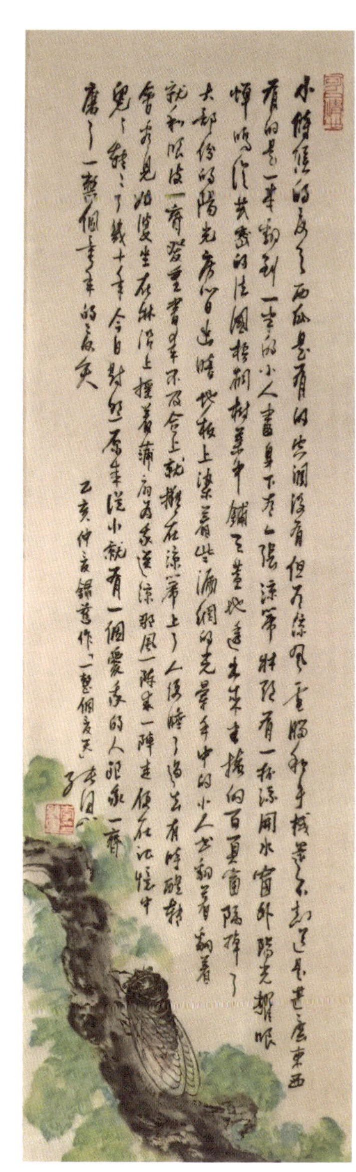

跑步的長髮先生

濛濛密雨之中，又看見那位先生在山道上跑步。住在附近的人，對這位身形瘦削、長髮披肩的先生一定不陌生。他跑步的身影白天黑夜都在山道上出現，風雨無阻。他跑的路很長，在山頭上會遇見，在山腰中會遇見，在山腳下也會遇見。有時開車經過，見他在一邊跑過，有時走在路上，他迎面跑來。跑得不徐不疾，鏗鏘有勁，最大的動靜是在風中晃動的一頭披肩長髮。不知他做哪一行，跑步好像是每天的工作一樣。

如此運動，是要有毅力的，跑下來的結果，大概是不跑不舒服。

中國有一本小說叫《紅岩》，說的是國民黨統治時期重慶「中美合作所」渣滓洞、白公館監獄裏的故事。渣滓洞和白公館裏關的都是被抓捕的共產黨員，其中許多都是要犯，守衛特別森嚴。在那裏只有一個叫華子良的犯人可以自由走動，因為他是一個一被捕就嚇瘋了的瘋子，瘋瘋癲癲，語無倫次，不管刮風下雨，無論嚴寒酷暑，他只會在空地上沒日沒夜跑步。後來監獄的伙伕出外買菜的時候就帶着他去，讓他做苦力把菜挑回來，回來之後，他又在空地上不停跑。許多年來，大家天天看一個瘋子披頭散髮跑步，看慣了也就不再上心。結果，在重慶解放前夕，有一天伙伕如常帶着華子良出去買菜的時候，他跑掉了。這才驚覺他十幾年來一直裝瘋，沒日沒夜跑步則是處心積慮的鍛煉，功力在逃脫之時才用上。

華子良真有其人（真名叫韓子棟），他逃脫的地方是重慶的磁器口，如今在他當年脫身的磁器口古鎮一個拐角處還特地釘了一塊牌子，上面寫：「華子良脫險處」。我倒不是說在山道上看見的那位勤奮跑步的先生在為什麼事情作準備，只是每次看到他長髮飛揚的奔跑身影，總會聯想到在小說裏看到的華子良。多大的毅力！

小寒這天

天氣好，中午跟大婆在「一樂」吃完燒鵝飯，走去海旁，從中環一路走到北角。

陽光燦爛，天清氣朗，沿着海邊慢慢走，陽光晒在背上熱量很高，外套穿不住，短袖T恤剛好。身上微微出汗的時候想起這天是二十四節氣的「小寒」，意味着從這天起，進入了一年之中最寒冷的季節。這天內蒙古呼倫貝爾市的氣溫急劇下降至零下40度，發出了極寒警告。要是讓當地人看見我穿着短袖T恤散步，不知會覺得暖和些，還是更冷。

海濱大道景色怡人，沿途人卻不多，更加舒服。最好看是銅鑼灣避風塘，遊艇桅杆林立，白鷺灰鷺在雪白的遊艇間穿梭飛翔，麻鷹在更高處盤旋。藍天和遊艇倒映在水裏，波光閃耀，如海市蜃樓。再往前走，就是中式漁船集結的水界，水中的倒影也色彩斑斕起來。一路天光水色，看得人陶醉。如此一路走去，走了一萬五千步，到了北角碼頭，這才招車回家。

此時夕陽西下，雲層泛起金色，遠處海面也金鱗滿佈。想拍點日落的照片，便回家取了相機轉到後山待維港夕照，直到暮色四合才收機歸家。走到一半有人叫我，原來是樹仁大學的孫天倫教授。好久不見，原來她已搬到大學宿舍來住。說起近況，她說剛從哈爾濱看冰雕回來，冰天雪地，凍得要命。我說上次去哈爾濱拍東北虎，正趕上三九第一天，零下三十度，大太陽下一絲暖意都沒有，在冰雪世界看冰雕，兩架相機凍壞了一架，手機也凍得失靈。說着說着，大家都覺得有了寒意，算是應了小寒的景。

醒神

周末上寶馬山，天清氣朗，不冷不熱。山道兩旁的樹，有的稍轉了顏色，添了紅葉黃葉，但要開的花還是開得好看。

一路上，地面若有簕杜鵑花瓣灑着，抬頭就見艷紅的簕杜鵑迎風招展，地面灑着雞蛋花，抬頭也一定見到豐豐滿滿的雞蛋花樹。有時地上七零八落滾着些小橘子，附近山坡上也必有幾棵野橘樹。山坡上的草在陽光照耀下，都亮晶晶透明的，像翠玉一樣。草叢裏常常聽見窸窸窣窣鳥在撲騰的聲音，偶爾野豬也會拖家帶口出現。

山道上有人有狗，見了面，人跟人打招呼，狗跟狗打招呼，狗打招呼比人打招呼親暱，團團轉着聞來聞去，搖着尾巴，糾纏着，要主人三催四請才肯道別，且一路走一路回頭，依依不捨的樣子，反倒顯得人類生分了。

毛兒子拖肥平時在家腿腳軟弱，上了山則健步如飛，尤其是我跟牠說一句：去找 Uncle 吃番薯。牠就歡跑着領我到山溪邊上去了。山溪從高處流下來，經過那裏形成了一個小潭，然後再繞下山去。梁先生每個周末都在那裏，泡好了香茶等着認識或不認識的行山友，生張熟李，打個招呼，喝一杯他泡的茶，曬着太陽吹着風，不着邊際聊聊天，一來二回，也熟了。梁先生還必定帶着早晨在家煮熟的甜番薯，拖肥每次都會分到一個，這便成了牠在山上的念想。溪水很是清澈，裏面游着小魚，偶爾會出現一隻紫紅色的螃蟹，在水底石縫間慢慢移動。溪旁有簕杜鵑有銀桂樹，還有一叢綠竹，風稍為人一點，竹枝會搖得格格作響，好像有什麼東西會從裏面走出來。

銀桂開花的時候，空氣中就一陣陣幽香浮動，天藍雲白，很醒神的。

還是福地

中午從寶馬山上山，往大風坳而去，走盡了金督馳馬徑，匯於柏架山道，走到頂，順坡而下，蜿蜒至大潭水塘，繞一周，再沿坡直上，往黃泥涌峽道而去，到陽明山莊。

起初天陰，漸漸雲開，雲色轉白，藍天顯露，陽光乍現，山上的草木頓時都生動起來，沿途樹木豐茂，老藤盤旋。有時從上往下望，林子幽深，光影交錯，星星點點，愈看愈多，裏面似有千軍萬馬，似有精靈歌舞，令人心馳神往。時為初冬，蟲鳴已不可聞，但鳥語處處，忽遠忽近，樹叢中有羽翼撲騰之聲，忽然又在樹梢驚起，忽地遠飛。草葉雖以綠色為主，偶爾也有嫣紅乍現，艷於萬綠叢中，特別搶眼。

天色繼續放晴，山道上光影愈發豐富，路面上影影綽綽，忽濃忽淡，意趣盎然。平常日子，遊人不多，人聲不雜，鳥聲不絕，尤為清靜。待走到水塘邊，陽光大盛，天光水色，藍天白雲盡在水裏，有幾個年輕人帶了便當，坐在水塘石壩上開餐，風涼水冷。天藍雲白，頭頂有飛機高高掠過，如此野餐，愜意極了。

若非這年疫情肆虐，也不會在本地如此寄情山水，香港有百分之四十土地為郊野公園，好山好水好風光，平時卻不知不曉疏忽了。直到坐困愁城，才醒覺自己的地方這麼美好，禍兮福所倚，塞翁失馬，焉知非福？如此看困境，心略寬。

雨後山中

下了兩天雨，到山裏走走，天色空濛，水氣充沛，霧氣一陣陣在山道上湧，忽輕忽重，忽濃忽淡，山坡上的樹綠得層次各異，樹葉上都掛着水珠，亮晶晶反映着天光，霧淡時看得廣些，霧濃時近在眼前。

泥水還沒有乾，有的地方深一腳淺一腳。有幾段路邊的泥都翻了起來，想是給野豬拱過的。山上有幾個野豬家庭，行山會偶遇，大大小小，人豬擦身而過，都裝得若無其事。有時候看不見豬，但知道豬在附近，因為在風裏聞得到豬味。那其實是去動物園會聞到的味道，附近山上只見野豬，這味道就算在牠們頭上了，若是去了石梨貝水塘，我會說那是野猴的。同行的朋友說我鼻子像狗一樣靈，我說你如果想嗅覺靈敏還真要跟狗學學。有研究說，狗在聞一樣東西的時候，會快速連抽五下鼻子，急速又連續吸進氣味，聞得比人真切，聞得到慢條斯理的時候疏忽的味道。不信你試試。

雨後的山裏空氣也特別新鮮，帶着各種植物的清新氣味，走在山道上的人也比好天氣的時候少好多，天地寬闊，神清氣朗，渾忘世間煩囂。有人樂山，有人喜水，山中也有水，大雨過後，山澗水足，順勢而來，擦身而去，十分歡快。有一次朋友問我，喜歡山還是喜歡海？我說喜歡山，比起單一的海，山裏變化無窮，每次上山都找到新鮮感，百遊不厭。

月光指夜路

晚上走出陽台，見對面山腰間燈光閃爍，一連串急速移動，想來是夜間跑山的人。山上白天有人行，夜間有人跑，十分熱鬧。

這晚是農曆十五，月色極好，如無意外，山道上被月光照着，也可視物。我小時候在廣西的山溝裏住過，那裏到了夜晚幾乎沒有光害，走山路，只要有月光，山路就明晃晃的，即使不用手電筒，也可照樣趕路，有時候路邊的草叢裏還伏着許多螢火蟲，星星點點，都看得清楚。那種螢火蟲不會飛，白天看像毛蟲，一條條伏在草葉間，到了晚上，尾部有一小截會發出綠螢螢的亮光，在草葉間點起燈來。後來我去新西蘭看那著名的螢火蟲洞，見到的就是這一類不會飛的螢火蟲，伏在山洞壁上，連成一片，如滿天繁星，成為世界奇景。

新西蘭的欖球隊是世界聞名的勁旅，每逢大賽戰績彪炳，人稱「黑衫軍」。他們黑色的球衣上用銀線繡着「ALL BLACKS」，字上方還繡着一枚銀色的羊齒草。這羊齒草是當地土著的吉祥物，正面呈綠色，反面呈銀色，在晚上的樹林裏被月光一照，閃閃發亮。從前土人出征戰鬥，打完仗走夜路，就靠着這一片銀光的指引回家。他們欖球隊黑球衣上那一片銀葉，也正好顯示了這一種夜行歸家的景象。

城市人離不開路燈，久而久之便忘了月光原是夜歸人的路燈。城市人到了鄉下，走夜路的時候鄉下人就會教路：順着月光走，眼前發亮就是路！城市人聽話走了起來，結果有的就掉進池塘裏去了。

觀鳥園

前年有一天想去香港公園的觀鳥園拍照，正碰上做工程，説要到第二年才開放。這事也就沒放在心上，時間也悄悄溜了過去。這天經過香港公園，見觀鳥園開着，便走進去看看，環境照樣怡人怡鳥。可惜那天沒有帶相機。

過了兩天，天氣好，陽光普照，便揹着相機去拍鳥。

中午時分，觀鳥園裏遊人不多，鳥鳴此起彼落，各種鳥在周圍飛來飛去。或許是習慣了，鳥見了人也不怕，有時就飛到木棧道上跟人走在一起。園中最多的是紅嘴灰身的爪哇禾雀，沿着懸空的繩索一串串站着，有許多雛鳥，停在繩索上等父母，一會父母不知從哪裏覓食飛了回來，雛鳥便圍上去張着口討食，群情洶湧，討債一樣。大鳥便將肚子裏的食物反芻出來，嘴對嘴一隻一隻餵食。身邊的小鳥亂跳亂搶，畫面十分熱鬧。

最搶眼的是各種顏色的鸚鵡，那一身身紅黃藍綠的羽毛鮮艷耀眼。牠們又最不怕人，都在離人最近的樹枝上站着，不用長鏡頭，就是手機也可以拍得清清楚楚。還有身型龐大的雉雞，有時候直接在棧道的圍欄上散步，任由遊人圍觀拍照，好像請來的模特兒一樣。

園中鳥類很多，大多不認識，不要緊，反正牠們也不認識我，只管選好看的拍照就是。那裏其實就是一個巨大的籠子，鳥都是籠中鳥，人走進去也就成了籠中人。籠中鳥不一定可憐，只要那個籠子大得像個天地就好。其實人也一樣，每個人都有自己的生活習慣範圍，你以為天大地大，卻來來去去還是那幾道行走的軌迹，軌迹的邊際，就像一個無型的籠子，只是你不知不覺，也沒想要飛出去。若從天外看，地球就是一隻被大氣層圍着的籠子，地球人自覺有本事飛天遁地，卻也不過都是在這個大籠子裏折騰。外星人拿着望遠鏡在籠外觀賞。

穿舊鞋走老路

看電視，見一個阿富汗老頭說阿富汗有一句諺語叫作「在同一隻驢子身上，放上一副新鞍子」。我就說，這就是中國話裏那句「穿新鞋走老路」。我家大婆在旁聽了，突然問我：「穿新鞋為什麼不可以走老路？」

大家都知道「穿新鞋走老路」這句話是說人號稱變革，但弄了半天只是擺個樣子，毫無新意，脫不了舊思維。但走老路就一定要穿舊鞋嗎？老路當時也是穿新鞋走出來的。那條路，曾經也是新路。

路老了，不敷應用，於是就要開新路。開新路一定要穿新鞋嗎？不一定。因為穿舊鞋也可以走新路，穿鞋走路，不是看路新路舊，而是看那雙鞋合不合腳、舒不舒服。許多老鞋都比新鞋合腳舒服，不要一想到新路就要換雙新鞋，也不要一換上新鞋就不走老路。

可見，許多比喻都貌似有理，非黑即白，經不起推敲。說得多了，就令人以為真理，沒再用腦子想想邏輯就照說照跟了。但你只要稍為動一動腦子，就可以找出其中謬誤來。也就是說，只要鞋子合腳，不管新舊，都可以穿着走路，穿舊鞋可走新路，穿新鞋也照樣可走老路。我終於明白我家大婆提出疑問的意思：不要以為穿了雙新鞋就有新路可走，穿什麼鞋，你都老老實實順着老路給我走回來！我回頭看着她說：

「對，老路走熟了，我也不換新鞋了。」

今天是二月八日，結婚紀念日，一條老路走了三十六年囉。

旅遊

鳳凰的黃永玉

傍晚到鳳凰古城，住在山上的溫德姆溫泉酒店，酒店有一條私家路，沿路走下去，直通沱江畔。沱江護着古城，川流不息，江面上有許多橋，有的僅僅是離江面數尺高的木板橋，有的則由一排座在水底的石樁組成，只露出水面尺許，水位上漲的時候還會淹沒。外型壯觀的橋，最老的一座叫「虹橋」，橋面上有建築，如一座跨江的房子，裏面都是小商舖。還有四條造型美麗如畫的新橋，分稱「風」、「雲」、「雨」、「雪」，那是黃永玉先生的傑作。

永玉先生為了家鄉的鄉親上學上班方便，親自畫草圖，設計了這四條橋，並捐助了所有造橋的費用，不但便利鳳凰人出行，也為這座美麗的古城增色添彩，遊人到了鳳凰都會上橋走一走，那是旅途中不可或缺的風景。

鳳凰地方不大，但地靈人傑，出過許多名人，從古到今，中國政界軍界商界文化藝術界顯赫名單之中，都有鳳凰人。我最熟悉的，當數沈從文和黃永玉，尤其是永玉先生，一家三代都是朋友。這次到鳳凰，隨處都見到老先生的雕塑和字迹，在「黃永玉藝術館」裏，更有大畫長卷可看，見之分外親切。

永玉先生在鳳凰沱江邊有一處住宅名為「奪翠樓」。「奪翠」在當地話中是極好的意思，但凡想讚一樣東西好，豎起拇指說「奪翠」便是。有次永玉先生告訴我，說遊客湧至之後，「奪翠樓」也成了景點，有的導遊會跟遊客信口開河：「你們看過沈從文的小說《邊城》嗎？小說裏的翠翠本來是沈從文的愛人，後來被黃永玉搶走，養在這幢樓裏，所以這裏叫奪翠樓！」永玉先生去年遠遊了，如今在鳳凰沱江邊見到「奪翠樓」，當時他拿着煙斗哈哈大笑着跟我講這段趣事的情景，又躍然眼前。

雞犬相聞

住在鳳凰古城外的溫德姆酒店，清早起牀，天有小雨，淅淅瀝瀝，山頭飄着薄霧，遠處傳來陣陣雞鳴。

陶淵明《桃花源記》有「雞犬相聞」一詞，如今在城市裏可以聽到狗叫，但雞鳴就聽不見了。也只有在鄉下山裏，清晨還可以領略「雞犬相聞」的意境，配以青山綠水，耳目一新。

十幾年前有一段時間常去川西貢嘎山拍照，住在磨西鎮的小旅館裏，夜晚開窗通風，睡到清晨，天色隨着雞鳴狗吠亮起。然後才有農家的各種動靜，挑水的，劈柴的，生火煮早飯的，菜農揹着菜趕去集市，村民相遇聊天招呼，空氣中開始有炊煙的味道。

天色大亮，太陽在山背後升起，草葉上的露珠亮晶晶掛着，泥地帶着夜來的濕氣，踩下去會留下腳印。空氣濕潤而清新，清清涼涼吸進肺裏，睡意漸漸淡去。狗長一聲短一聲叫，雞長一聲短一聲鳴。鎮口的小飯店已經熱氣騰騰白煙繚繞，一個個小蒸籠裏有粉蒸排骨，有燒白（扣肉），還有切開的元蹄。鍋盔（燒餅）剛剛出爐，趁熱拿來夾肉最好。

坐在店外吃早飯，面前都是被朝陽照得閃着油花的肉。狗聞到香味來了，給肉吃肉，給骨啃骨。雞也來了，啄着掉在地上的飯粒餅碎。路上的人開始多了，下田的下田，上山的上山。狗又叫了，雞不響了。

如此山中日常，遠方來的城裏人覺得特別新鮮。景物新鮮，食物新鮮，連空氣也新鮮。於是就記住了那青綠的味道和煙火氣息，阡陌交通，雞犬相聞，如武陵漁人，探過一次桃花源，念念不忘。

閒走武陵源

六日五夜張家界之遊轉眼即過，團隊回港，我留下等候隨後到達的家人親友。他們的飛機傍晚才到，有好幾個小時空間。

陽光燦爛，天氣涼爽，在酒店門口跟團友們道別之後，便信步在附近的武陵源市區轉轉。時間尚早，許多店還沒有開門，馬路上的車輛以旅遊巴士為主，靠山吃山，張家界人丁興旺，來來去去都是遊客。

老街路邊有菜市，菜販多為農村婦女。在地上擺一塊發泡膠，將要賣的蔬菜放在上面，就是一個小攤，一溜排開，便成小型菜市。這種形式賣菜令人懷舊，小時候在廣西南寧見過類似的菜市場，但那時沒有發泡膠。從前何藩拍的老照片裏，香港的菜市也是這般地攤模樣。

小巷子裏則靜悄悄的，只有些賣早飯的食店開着，老闆無無聊聊坐在門口端詳着我，問吃早點嗎？我說吃過了。幾家店都空蕩蕩的，看來人都跑到山上去了。馬路兩旁種了許多桂花樹，滿樹金桂盛放，香氣襲人，十分醒神。有戶人家門前一株老桂樹開始落花，落在門外的木桌上，落在泥地上，處處金黃。一隻小花貓在落花中跳來跳去，見人來了便走過來蹭蹭聞聞，轉頭又在花堆裏打滾，想必一身桂花香。

遠處群山在陽光中變成了深淺不一的剪影，層層疊疊貼在天邊。近處河邊花草豐茂，河水清澈，洗衣服的女人們把浸濕的衣服鋪在石頭上，揮着棒槌捶打，劈劈啵啵聲此起彼落，驚起了在蘆葦叢中的白鷺，白光閃動，掠過水面，飛到樹梢上去了。桂花香依然在前後左右浮動，河水從上游流過一道又一道的人工石壩，翻着雪白的水花，川流不息，卻又特別寧靜。宇宙好大，瞬間只有我一人。

陽澄湖邊

下了一夜雨，早上醒來，陽澄湖邊白霧茫茫，酒店的大花園浸在濕潤之中，所有的樹葉上草葉上都凝着亮晶晶的水珠，映着天光水色。人工湖上一片垂柳倒影，湖水深綠。幾隻鴨子遊在水中，羽毛潔白，襯在綠水中特別亮麗。白色的鴨子見過，這麼白得發亮的鴨子則不多見，像是從黃永玉畫裏飛出來的。

酒店很新，花園很大，一直通到陽澄湖邊。花園裏的樹也很新，看得出是不久前移植過來的，還須假以時日才能鬱鬱蔥蔥。幾棵桂花樹倒是開過花了，還剩下些花在樹上，風吹過的時候，聞得到浮動的暗香。水道上橫貫了幾座橋，倒映在水裏構成了漂亮的圖畫。湖邊景色，須有這種霧氣朦朧的模樣才有意思，特別江南。

在水邊勾留了一會，看幾個香港來的習畫的朋友拿着小簿子寫生，一草一木畫得十分生動，很是羡慕。時近中午，退房上車，去湖另一端的「湖濱蟹府」吃飯。吃飯前先帶同行的朋友去餐廳後面看蟹，今年雖是大閘蟹的小年，但劉老闆替我們留着的依然是上等貨色，隻隻半斤以上，蒸好上桌，隆隆然振奮人心，隆隆然拍照留念，隆隆然祭了五臟廟。

吃完蟹，上菜。大菜之中，除了那條令我朝思暮想的紅燒大鯿魚之外，今年還有新猷，便是一道烹製了五小時才上桌的東坡肉。一大塊肉用稻草紮住放在大碗之中，濃油赤醬，皮色錚亮。沉甸甸端上桌來，剪開稻草鬆綁，大肉猛然一抖。用刀輕輕一劃，皮肉應手而開，入口嚼之，肥處不膩，瘦處不柴，鮮美濃郁。

如今吃飯，真正吃飯的人卻不多，環顧四桌人，都只顧吃蟹吃菜，竟無一碗米飯。但有如此佳餚，怎可沒有米飯相陪？馬上叫伙計上飯，初時個個猶豫，後來見我用紅燒鯿魚汁拌飯吃了兩碗，東坡肉汁拌飯又吃一碗，歡愉感染之下，人人捧起飯碗，結果把店裏的飯都吃光了。

大食遊

陽澄湖一頓午飯吃到近三點才散，驅車回上海。一車人個個肚滿腸肥，問下一個節目是什麼，我說吃晚飯。美食團該當如此，吃完上車，下車再吃。

眾人大笑，說這肚子怎裝得下。我便說有一位腦科醫生曾說過一種意志減肥法，他平日不做運動，但每晚睡覺的時候，躺在牀上想像自己在做一項吃力而激烈的運動，比如在灼熱的沙灘跑步，或者踢一場足球，諸如此類，夜夜如此，持之以恆，便能消耗體能，達到減肥的目的。

事實是否如此，因為我沒有試過，不得而知。這天我在旅遊巴士上把這個用意念行事的方法說了，讓同行的朋友在途中閉目養神的時候也如此試試，想着自己一路運動，努力消化，或許在到達目的地時便消食了，又有胃口了。於是大家又笑，至於有沒有人照做，不得而知，但相信有人會心動的，說不定就一路暗暗運功了。

晚飯在新天地「吉士星座」吃，包了一樓全層，十分熱鬧。一到這地方我總是改不了口叫它舊名字「新吉士」，因為以前常來常往，第一次幫襯已是二十三年前，那時候在新天地是火熱的新店，今天環顧四周，大概已是新天地中資格最老的餐廳了。菜是做得真好，涼菜熱菜流水般上，一直說不餓的人仍然可以碟碟掃光。店主國華兄還特地送了上等黃酒助興，桌桌舉杯，興高采烈。

如此在上海大食遊了四天，大隊回港，我留下來繼續努力。臨走那天老友吳先生跟我說體重增加了兩公斤，我便肯定那天他從陽澄湖回上海途中，沒有在車上用意念運功。

上海半日

鼻敏感發作，一夜無話有咳，至拂曉稍緩，沉沉睡去。醒來已是中午，走出酒店，到對面太古里的「黃魚麵」吃了一碗黃魚麵，精神了。

下午關棟天兄來酒店接我去他家，周玖嫂子張羅香茶水果，三人喝茶聊天，說些棟天兄前兩個月住在北京演出話劇的情況，還有更早些時候他們到南極旅行的趣事，再看看棟天兄為京劇行家們拍的舞台英姿照片，天南地北，歲月靜好，不覺已到黃昏。

告辭出來，先去武康庭「松蔭裏」送一張畫，順便看看鄭在東的畫展，巧遇一年多未見的法國藝術家高先生，他見我鼻樑上架着他代理的品牌眼鏡，很是高興。走出「松蔭裏」，過馬路去斜對面的「潔思園」畫廊看旅英攝影家邱揚梓的攝影展，畫廊主人安琪從香港來，一起看展聊天，賞心樂事也。

晚飯約了雲南旅遊公司周總，以往我去雲南旅行或工作，每次都由她一路安排照應，很是周全。這次正好大家都在上海，湊個異地相逢的趣，一頓半桶水的上海菜竟也吃得十分愉快。

飯後回酒店，謝定偉兄來訪，聊天時說到小說《繁花》，我知他跟作者金宇澄相熟，便請他介紹認識。定偉兄說過兩天正好約了金宇澄吃飯，叫我一道好了。我說那天已回香港了，不如今晚？定偉兄即發短訊給宇澄兄，爽快人，一口答應，約在富民路一家酒吧相聚。半小時後抵達，宇澄兄先到，已在酒吧露天座位上等候。相見甚歡，喝到酒吧打烊，說得半夜人情故事。此時已是深夜兩點，定偉兄說一大早還有約，這才道別散去。

路路通

上午到平安銀行盧灣分行辦理一些賬戶上的事情，服務極佳，很快便解決了問題。完事後跟大婆順着魯班路往北走，沿途許多點心舖子，賣着各式上海早點，大餅油條糍飯糕，生煎饅頭小餛飩，各式麵點，琳瑯滿目，十足的上海煙火氣。

走到麗園路口，見到大眼麵館，旁邊就是大眼包子舖，胃口頓起，先在包子舖買了包子，再進麵館點了大腸麵。午飯時間還未到，店裏食客不多。有一年我在上海拍電視節目，住在附近一家五星級酒店，食物極差，不堪入口。晚上收工後，司機介紹我去這家麵店吃麵，他們的大腸麵真的好吃，便成了那段日子半夜救急救難之處（還有一處就是新旺茶餐廳）。後來若跟朋友到上海，只要他們有興趣，我也會深更半夜帶他們去大眼麵館吃大腸麵，都是十分美好的回憶。

吃完包子吃完麵，渾身是勁，便拖着大婆滿街亂走。那一帶是我小時候的活動範圍，即使面貌改變，依然熟悉，穿街過巷，沿途探親訪友，從麗園路走到瑞金路，直去經建國路、紹興路、永嘉路、復興路，拐進南昌路，走到茂名路，又轉去長樂路，右拐至陝西路，到威海路，沿路而走到興業太古滙的素凱泰酒店。走了一萬二千步。小說《繁花》裏有一幅手繪地圖畫的就是那一帶，這天我也走掉了半幅地圖。

一座宜人居住的城市，必然是可以信步走到目的地的。上海如此，東京如此，巴黎、羅馬、倫敦、巴塞隆那等地也如此，香港、九龍如果不過海也可以用腳走到你想去的地方。因為這些城市都是有大街也有小路，區區相連，如血脈相通。反之，一個大城市都是寬闊的大街而少小路小巷，必區區阻斷，想要走遠一點便有舉步維艱之感，生活不會方便。曾有專家以此為上海和北京作比較，認為北京就是一個用腳走不通的城市。這也是許多人喜歡上海的原因。

杜甫一定要瘦

在成都去杜甫草堂走走。星期天，遊人很多，門前的「草堂路」上車龍排得很長。那一帶是很好的住宅區，草木蔥鬱，有湖，湖上白鷺低徊，荷花盛放，若不是天氣悶熱，光在外面走走已十分愜意。

杜甫草堂地方寬廣，草木森森。我最喜歡進門過道兩旁的臘梅樹，到了冬天開花之時，滿枝金黃，花香浮動，最是怡人。那裏的竹林也好看，夾道而生，青翠養眼。當然是少不得要搭幾間茅屋應景的，不然怎對得起杜甫那首《茅屋為秋風所破歌》？這個地方不過是後人猜測杜甫的住處所在而起的，也就是說估計杜甫以前的茅屋在此。只是杜甫也千萬估計不到有如此廣大的一個花園算在自己賬上，弄得今日不知就裏的遊客還以為他是個大富豪。

杜甫草堂裏有幾座杜甫雕像，同行的朋友看了便說杜甫真瘦。我說這就是形象包裝。杜甫的形象是憂國憂民的，這樣的詩人必須要令人覺得應該清瘦得皮包骨頭才像樣，若是個肚滿腸肥的胖子，便不成體統了。這就跟屈原一樣，畫出來的樣子都是皮包骨頭站在江邊，一臉抑鬱，如此才可以跳下江去，一沉到底，要是略胖一點，便怕他浮上來。

所以杜甫必須是要瘦得皮包骨的，一張臉上不可多四両肉的。不像曾吃豬肉的蘇東坡，被人畫出來、塑出來，都是胖一點的。這也是自己作品為自己塑造的形象，雖然杜甫和蘇東坡晚年都大吃苦頭，但杜甫是一苦到底，東坡則總是苦中作樂。所以杜甫留下了一張苦瓜臉，蘇東坡的臉上，氣色笑容都不錯。

香格里拉之春

一年半前到香格里拉是冬天，滿山白雪。如今再來，已是初夏，花草都長了出來，草原上的花密密開得如地毯一樣，星星點點，五彩繽紛。山坡上也一片蒼翠，接着草原上的綠意，一直往上升去，在中間一段，又夾雜了一片片金黃色的油菜花，只有極高的山頂上還有白雪的痕迹，天氣預報總說下雨，但高原地區風雲來去特快，這頭才飄下雨，那邊太陽又掙出了雲層。

陽光猛烈射亮了一片大地。天上的雲因此也特別豐富，在湛藍的天空中翻滾出

各式各樣的形狀姿態，在山坡上草原上投下大大小小的影子，光影移動，山都像活了起來。雲影又大量投到了湖裏，水天也接了起來，坐在湖邊，就像坐在一面天空之鏡旁，顛倒世界。

當地朋友說這是香格里拉最好的季節，從五月份杜鵑花開始，各式各樣的花爭芳吐艷，你剛開罷我登場，一直可以燦爛到九月。捱過了一整個嚴冬，人到了這個時候也跟大地一樣活躍起來。所以這個時候到香格里拉旅遊也是最好的。

這當然是經歷了嚴冬的人說的，但在四季分明的地方，其實每個季節都有可觀的特色，尤其是像香格里拉這樣的地方，從平地到高山，地勢落差等閒四五千米，地貌多變，植被豐富，每個季節都有令人歡喜的顏色，幾時去，都令人神往。這天在納帕海依拉草原騎馬的時候見地上有一叢叢的綠花，問馬伕花名，他說是狼毒花。我說狼毒花不是紅色的嗎？他說要到秋天狼毒花才變紅，於是腦子裏就出現了一片鮮紅色的草原，不知到時會不會又來一次。

處處遇蔣公

煙雨濛濛之中到了奉化溪口鎮，遠處青山起伏，寬大的剡溪在眼前嘩嘩而過，溪口鎮由此得名。穿過一九二九年蔣介石修的城樓，就進了古鎮。左手邊一條斜斜的山路，兩旁蒼松翠柏，水氣充沛，五顏六色的雨傘在石階路上另成一道風景，都是慕「蔣公」之名而來的遊人。

山路走到一半，「蔣公」就在眼前出現了。穿一件長衫，戴一頂禮帽，禮帽一脫，露出光頭，拄着手杖，論長相有八分相似，笑容可掬，很是和藹，親切合影，索價說五元十元隨意，我身邊有張二十元，隨手給了他，他連聲說「嘎客氣，嘎客氣」，然後擺了個功架說再要兩招給我看，隨即轉身踢腿，繼而劈叉，一字馬壓到地面。我鼓掌叫好，他起身說已八十一歲，有糖尿病，心臟也欠佳，身體大不如前，不然的話——我怕他再說下去會後空翻，連忙拱手打住，就此別過。

溪口鎮是風水寶地，出皇帝之處，走在街上，滿街聽人說「蔣公」、「蔣先生」，語氣都十分恭敬。蔣介石的故居、他跟宋美齡住過的屋子、蔣經國住過的小洋房，如今為當地的GDP作出了重大的貢獻。當地蔣氏居民中，長相與蔣公相似者不少，有些就穿起長衫馬褂，戴禮帽挂手杖，站在街上扮個蔣委員長跟人合照，生意都很不俗，可見蔣公在現代中國形象正面，廣受歡迎，且福澤後代，但凡用他名義者，都找到口飯吃——雖然那些在街上跟人合影的「蔣公」作揮手狀的時候看起來有點像毛澤東——真是此一時彼一時。

護城河邊

清邁還保留了老城牆的斷壁殘垣，圍繞城牆的護城河也在。城牆的殘壁也成了景點，許多網紅跑去打卡，那裏有許多鴿子，網紅們拍照，站在城牆旁，閧起鴿子，鴿子亂飛，照片就拍到了。一個網紅這麼拍，個個網紅這么拍，沒有一個別出心裁。

護城河裏種着荷花和蓮花，大概也不怎麼打理，花葉交集，生得很密，葉裏葉外都有花，花有海碗般大，嬌艷欲滴。荷花的底部有蓮葉，蓮花就在葉間開着，暗暗跟荷花競生爭艷。水邊有粗壯的鳳凰樹，一樹樹紅花開得正旺，樹枝垂在河上，映得水面通紅。落花也漂在水面，星星斑斑，有的還漂到了蓮葉上，翠綠的蓮葉斑斕一片。

荷葉上有飛鳥過客，飛累了，找條壯實的花枝棲息，馬上就像一幅中國畫了。紅蜻蜓也多，停在枝葉上，特別精神，也像畫。河邊是草地，有自動灑水器，定時噴水，水氣充沛，水霧中也有鳥飛。草地上有大榕樹，榕樹氣根豐盛，時不時有松鼠鑽進鑽出。

從我住的酒店到老城牆不過一公里路，蹓蹓躂躂就到。連着兩天，吃完早餐就去，把護城河裏的荷花都看熟了，那條路也走熟了。熟門熟路，悠然自得，如此旅行最好。

印度洋日出

早上五點半，手機鬧鐘響了，轉身按停，那一刻真想放棄。也不是什麼大事，只是前一晚想起要拍峇里島日出。

酒店的沙灘朝東，是看朝陽從印度洋升起的好地方，這是在峇里島住的第二家酒店，之前住的那家方向相反，坐東向西，是拍日落的最佳地點，抵埗的第一天黃昏就拍到了日落，後來才知道，有個排名榜説峇里日落在世界日落美景榜上排第一，不知真假，反正聽了令人高興。既然日落景色已得，再補個日出就更好。旅途中的樂趣都是自找的，辛苦當然也自找的。於是掙扎起牀，十分鐘後已經在沙灘上等待旭日東升。

晨光初現，天際泛出緋紅，有雲湧起，對出的海面上有橫排的礁石，如天然屏障，為海灣築了防波堤，正值退潮，堤內海水大部分退去，露出被海水沖刷出奇異線條的海牀，泥色黝黑，曲線中有積水，映着天光，彎曲明亮，構成了美麗的圖案，鮮綠的海草鋪在黑泥上如散綴的翡翠，早起覓食的白鷺在淺灘上覓食。須臾，一輪紅日噴薄而出，打破了黎明的平靜，本來淡藍的水色頓時金光一片，水中倒映出一個金輪，跟天上的朝陽互相呼應，水邊的白鷺變成剪影融了進去，現一半，化一半，世界由此耀目生輝。睡意頓時全消，覺得這個早是起對了。今年在黃山拍過日出，在死海拍過日出，在耶路撒冷拍過日出，如今多個印度洋日出，集郵一樣，欲罷不能。

印度神話

峇里島雖然是印度教的地盤，但印度人卻不多，在島上玩了五天，見到的印度人比在香港尖沙咀見到的印度人少得太多。但是印度教卻在島上深入人心，處處神廟，雕梁畫棟，刻劃的全是印度神仙。

到了峇里島，會想起柬埔寨暹粒的吳哥窟。吳哥皇朝的皇帝有許多信奉印度教，還有同時信奉印度教和佛教的。所以吳哥城裏才有那麼多精緻而數量龐大的石雕群。吳哥窟除了石雕，還有許多大型石刻壁畫，壁畫上全是印度神話故事。記得第一次去之前，為了看懂這些壁畫，預先看了許多印度神話。印度神話的想像力非常豐富，說神性說得十分人性。還會用來解釋自然現象，比如說有一個惡魔在宴會偷吃東西，月亮見了就去告密，令這個神仙被砍了頭，祂很憤怒，懷恨在心，所以每次看見月亮，就會一口把月亮吞掉，但祂那個頭是被砍掉的，所以這頭吞掉月亮，那頭月亮就從祂脖子的斷口中掉了出來。印度神話就是這麼解釋月蝕的。

對於創造神、保護神、毀滅神這三大神仙，教徒們只重視後二者，因為世界已經創造了，齋打完了，打齋的和尚就不那麼重要了。三大神裏，最有魄力的是毀滅神濕婆，祂被塑造得英俊白淨，額頭上還有第三隻眼睛。祂也是性能力的象徵，有一則神話說祂有一次跟老婆性交，交了一百年還沒有完事，驚天動地，天上的神仙既震驚又多事，就齊心協力將兩公婆扯開，一扯開濕婆神就射了，精液從天上嘩嘩而下，流到人間，變成一條大河，這就是印度的生命之河，叫恆河。

這種生動有趣的故事，在印度神話中比比皆是，知道一些，到了印度教的地頭上，隨口說說，人家會當你自己人的。

睡在濤聲中

到峇里島，睡在印度洋邊上，圓月之夜，晚上濤聲隆隆，如聞滾雷。於是一夜夢中聽濤，早上起牀竟有些暈浪的感覺。峇里島的濤聲出名大，我住的那家酒店浴室中竟有耳塞提供，不知與此是否有關。

有一年在日本九州拍電視，夜宿太平洋畔，那次鄰近地區有地震，天文台也發了海嘯警告。這天晚上躺在電視台預算內的老式小旅館裏，客房狹窄，頭頂着窗戶而睡，海上風高浪急，耳際濤聲如滾滾春雷，小旅館似乎整個飄搖起來。想起海嘯警告，少不免有些擔憂，時時睜眼，看天花上樹影搖動。但工作一天畢竟累了，捱不多久沉沉睡去，夢裏見到巨浪捲上頭來。

還有一次坐船從阿根廷烏斯懷亞去南極，過德雷克海峽，觸及西風帶，驚濤駭浪，睡在船艙裏拋上摔下，滿耳聽到的是船艙所有縫隙格格巨響，好像隨時會散掉一樣。房中移得動的物件也如長腿一樣，忽前忽後忽左忽右。好在之前服下特效暈浪丸，神志迷糊，一夜顛簸，狂風巨浪都在半睡半醒中挺了過去。

半個月前夜宿特拉維夫，酒店就在地中海邊上，那裏海水湍急，臨岸處設了兩道防坡堤，海浪從天邊滾滾而來，疊成一摺摺白線捲向防坡堤，衝天而起，撞得兩三層樓那麼高，浪花迸裂，水銀瀉地，聲勢浩大。這夜天氣清爽，便關了冷氣，打開陽台門，雖住在一十層高樓上，地中海的濤聲依然傳進客房，遠近有序，周而復始，聲聲入耳，卻正逢工作完畢，心無罣礙，耳畔濤聲長長短短，好生催眠，不久睡着，竟一夜無夢，待再聽到濤聲之時，已一覺天亮了。

吳哥窟的樹

到吳哥窟，除了看古蹟以外，看樹也很有趣。

吳哥窟被森林侵佔了五百年，古蹟附近到處都是參天大樹。當地人計量樹齡，以一人圍為一百年，那裏的大樹，等閒都要四五圍，樹齡都可成精了。

有兩種樹特別高，一種是桐油樹。桐油樹幹筆直向上，參天之勢。每棵樹的樹幹上，都可找到一個大大的凹位，當地人將之稱為樹的肚臍。用火在這「樹肚臍」上燒十幾二十分鐘，樹裏的桐油就會從「肚臍」中流出，當地人會在流油的中途用細布阻隔，隔出來的油渣可用來點火把，透過細布過濾的油，可用作防水或拋光塗料。

另外一種是板根樹。這種樹在當地十分常見，樹身巨大，高聳入雲，底部多褶，褶縫巨大，可藏一人，人在樹褶中伸開雙臂才剛剛撐到兩邊，其中的空間距離可想而知。一棵樹下有許多這樣的褶子，樹身如此巨大。這種樹樹幹中空，雨季會把水從根部抽到頂端，儲着不動，樹頂便會開花，但不結果。到了旱季，儲在樹中的水又會慢慢流下，滋潤樹身。樹幹光亮，呈金銀二色，在陽光下特別亮麗。這樹的樹根見縫插針，穿過縫之後又會膨脹成巨幹，所以破壞力巨大，吳哥窟古蹟差不多都是被這樣的樹根鑵塌的。

還有一種，便是海底椰樹。海底椰樹高聳在大地上，成了柬埔寨一個標誌。此樹果實是清甜之品，割開樹幹，有汁流出，先流出來的味甜，可製糖。過半天再流出來的酸味，可用來製醋釀酒。樹葉豐厚，可用作茅屋的屋頂。樹葉梗上呈鋸齒形，亦柬橫行之時，被用作最便宜的殺人凶器，行刑之時，將人反綁，用海底椰樹葉在喉嚨處來回拉鋸，其利如刀。

耶路撒冷

耶路撒冷分新城和老城，新城在西邊，老城在東邊。一九四八年以色列立國的時候，老城區依然屬於約旦，直到一九六七年的「六日戰爭」，以色列才奪回到手——他們不說佔領，因為以色列人覺得耶路撒冷老城本來就是他們的，奪回了東耶路撒冷，只是拿回了自己的土地。

老城區面積不過一平方公里，裏面分了猶太區、基督教區、穆斯林區和阿美利亞區，進了城，猶太人都很清楚走到了什麼區域。猶太教的古蹟都在老城裏，比如聖殿山，比如聖墓教堂，比如被稱作「哭牆」的西牆，那都是猶太人的命根子。所以當年重奪東耶路撒冷，對猶太人來說是天大的喜訊。

老城非常漂亮，三千年的古城，隨腳走在古蹟上，隨手一碰就觸摸到歷史，那種質感予人無比美妙的感受。民族和宗教雜處，令市內各區有不同的風貌，猶太教士和回教徒風格截然不同的服飾，也是很令外來者注目的風景。如此環境，軍警崗哨也多，荷槍實彈，一點都不馬虎，於是這些軍警，特別是佩槍女兵，也都成了遊客鏡頭下的寵兒。但如果你知道在一千多年前，猶太教徒、回教徒和基督教徒曾經可以很融洽地在耶路撒冷一起慶祝「住棚節」，那就會為今天的緊張形勢而唏噓了。

哭墻效應

耶路撒冷的哭牆分兩邊，男左女右，不能走錯。男人那一邊還有一所猶太教的藏經所，男孩的成年禮都在那裏舉行，也是女子禁地。

哭牆就是猶太希律王起的第二聖殿西面那堵牆，自從公元七十年羅馬大將軍提多率軍到耶路撒冷平亂，大火焚燒聖殿，只留下西牆未毀，之後猶太人就被打散，大流散去了世界各地，直到一九四八年立國之後才回來，聖殿沒有了，念想只剩下這一面牆，所以每當猶太人從各處匯集到這一面見證了民族顛沛流離歷史的牆面前，禁不住百感交集。他們也將那裏視為可直接跟上帝溝通之處，是最佳的祈禱地方。兩邊牆，若論儀式感，一定是男人這邊強，因為男人的裝扮都很講究，從髮型到服飾，都非常搶眼，但要是論激動，就是右邊女人那兒了，雖然女人的服裝各式各樣，沒有男人那邊「規範化」，但女人激動起來會哭，有人抽泣有人號啕，哭成一片，十分震撼，雖然不如中國傳說中的孟姜女哭得倒長城之牆，但也沒辜負了「哭牆」這個名稱。

到了哭牆百感交集，所以哭的人也未必因為宗教原因，更多的是寄託念想，許多人還把心事寫在紙上，摺成條塞在牆縫之中，我見過一個男人拿了一張家庭成員照片也塞了進去，那面牆，也就變了思念之牆和願望之牆，心中所念，各有所想，到了牆前就激動而哭，哭着各種激動，這也可稱為「哭牆效應」。其實人生在世，少不免都會有想找一面哭牆的時候，只是這一面哭牆不一定在耶路撒冷。

加利利湖

從特拉維夫沿海岸線北上，到了提比利亞。這座城市曾是希律王兒子安提帕的封地，安提帕為了討好羅馬皇帝，就用皇地的名字做了這座城市的名字。

提比利亞分上城和下城，上城在山上，下城在湖邊，湖是加利利湖，當地人也稱之為加利利海，這個稱呼令我想起中國許多沒有海的地方都把湖稱作海，所以連北京都有中南海、北海和後海。加利利湖很大，是以色列的主要水源，坐船在湖上遊覽，風景很一般，但遠處一道屏障一樣的山脈則非常出名，這就是戈蘭高地。

戈蘭高地本來屬於叙利亞，居高臨下，虎視眈眈，對以色列威脅很大，所以一九六七年「六日戰爭」一打響，以色列就攻佔了戈蘭高地大部分土地，以消除仇家的威脅。到了一九七三年的「贖罪日」，叙利亞趁着猶太人不備，反攻戈蘭高地，兩軍在高地上打了一場激烈的坦克大戰，以軍先敗後勝，從此徹底佔領戈蘭高地。

這天大概只有我們一艘遊船出湖，駛船的是做了基督徒的猶太人，預先知道有幾個香港人來遊湖，便準備了一個升旗儀式，中國國旗、香港區旗和以色列國旗一起升起，迎風獵獵作響。湖面很是平靜，戈蘭高地很平靜，天藍雲白，清風拂面，看着那道山脈，卻又總好像聽見炮聲。

死海浮生

這天到了死海邊，住度假酒店，酒店很大，服務很粗。

客房露台看出去就是死海，水色蔚藍，水面平靜，有厚重感。夕陽把後面一條山脈照得緋紅，倒映進水裏，分外好看。於是拿了毛巾，走出酒店，走到死海邊，海邊來浮泳的人不多，有些小孩見了我們就問是不是日本人，我們便知道自己的行為舉止比較文明，很高興，告訴小孩子，我們是香港人。

死海的含鹽量是普通海水的八倍，浮力特強，到了那裏，躺進水裏浮一浮，是人人都想一試的好玩事情，不過浮游過的朋友警告，海水極鹹，浮的時候一定要保持平衡，要是不小心翻進水裏，喝上一口，起碼有一個小時說不出話來。

為了表示浮在死海中的愜意，最好當然是手執一張報紙或一本書，「躺」在水面上看，這樣的事情，以前是在照片裏看到的。於是我請導演為我準備些讀物，他給我拿來了一張以色列地圖，我便手執地圖，「躺」在水面上作狀，拍電視嘛，效果最重要。後來朋友在岸邊給我拍了照片，我登上網去，取名「死海浮生」。

這是很有趣的體驗，躺在死海中，就如有一把無形的椅子在身下托着，只要保持平衡，人就穩穩當當浮着，看書喝咖啡，可以拍到許多好玩的照片，這地方，是可以去一次的。

佩特拉神殿

三十多年前在戲院看《奪寶奇兵》，當夏里遜福騎着馬走進淺窄的峽谷，一路行去，前面露出一線天，走到盡頭，豁然開朗，一座粉紅色的神廟震撼現身，那場面壯麗得令人動容。於是就去查書——那時候要查點東西真不容易——知道那個神奇的地方在約旦，叫佩特拉（Petra）。

三十多年來，對這個地方夢縈神牽，每當想起，印第安納瓊斯策馬奔出峽谷的景象就會在腦海出現，一直說，要去一次，直到今天，才真正踏足。

從安曼出發，要開四小時車才到 Petra，如今是旅遊淡季，遊人不算多。在入口處買好門票之後，沿着一條砂石路往前走八百米，就到了峽谷口。沿途有許多貝都因馬伕向遊人兜搭，要你騎馬或者坐馬車，那些馬養得很差，很臭，一點都不神俊，於是一路拒絕，逕往峽谷裏走，峽谷蜿蜒，故稱「蛇道」，兩旁崖壁聳立，抬頭望時，峭崖犬牙交錯，午後的陽光從上照耀下來，砂岩中隱藏的顏色便顯了出來，赤橙黃褐，十分耀眼，光影映掩，層層疊疊，跟美國亞利桑那州的羚羊谷有異曲同工之妙，但氣勢更大。

峽谷中可行馬車，蹄聲嗒嗒，在谷中迴响，由遠而近，拐彎抹角中便飛出一輛馬車，擦身而過，載客而行，絕塵而去。如此看景拍照，走了大概四十分鐘，峽谷將盡，遠遠就見一道粉紅色的光芒從前面窄縫中透了過來，再行十數步，裂縫漸闊，豁然開朗，三十年前在電影中看到的那座 Petra 神廟就擋在面前了。一段夢想，於是成真。

一日由布院

早上起牀窗外有陽光，一時又被雲層遮住，天上細細碎碎飄下雪來。雪花飄一陣停一陣，陽光又從雲裏掙了出來，照得樹林明晃晃的。雪花又飄了起來，在陽光下密密的，明晃晃的。太陽雨見得多，太陽雪還是第一次遇到。

本來打算從酒店徒步走去金鱗湖的，但風很大，零下一度的氣溫，加上風，體感溫度又低了幾度，便叫了輛的士前往。

近年金鱗湖去過好幾次，湖不大，說不上怎麼漂亮，但加上旁邊的由布院溫泉區，那裏總是討人喜歡。陽光還是出一陣隱一陣，細雪還是飄一陣停一陣。的士司機說天氣預告要下三天雪。跟旅遊旺季比較，這天湖邊的遊客不算多。有些水鳥在湖邊棲息，兩隻在岸上草叢築窩的白鷺偶爾也參加進去。溫泉浴室流出的水順着水渠淌進湖裏，冒着熱氣，給湖面添了仙意。雪花又密密麻麻飄了一陣，湖景更是好看。

湖邊有咖啡店，坐在臨湖的座位上喝咖啡看景，陽光從窗外灑進來。一室溫暖，咖啡香濃，便也消磨了許久。走出金麟湖，又去由布院那條商業街勾留了一會，吃了簡單午餐便坐車回酒店。酒店後面的山頭已積滿了雪，臘月初十的月亮很早就在山後升起，鑲在藍天上，懸在雪山頭頂。近處的修竹一叢叢被陽光照得金黃，蘆草在風中搖頭晃腦。

晚飯前雪下得更緊了，待從酒店餐廳吃完飯出來，風大雪大，路面已薄薄積了一層白。一路回房，想起一齣老戲，叫《風雪夜歸人》，如此環境，可以借這戲名來用用。若這雪下足一夜，明早有雪景可看了。

晨雪

夜宿由布院，下了一夜雪。早上起牀，陽光普照，遍地灑銀。中國名畫中有一幅《雪竹圖》，乃元朝畫家郭畀所作，畫大雪中的竹子竹葉。不由想起所住的酒店附近有很多竹子，便拿了相機拐上山去，看看能否拍到幾張雪竹圖。

時間尚早，山路上的積雪還未被人踩過，像鮮奶油一樣鋪在路面，走上去，留下第一串腳印。陽光斜照進樹林裏，明暗有致，金黃色的葦草順着山坡一片片往上長，在朝陽下搖晃得特別耀眼。一片細竹林在眼前出現，翠綠的竹葉上殘留着積雪，厚厚重重的，真是《雪竹圖》的意思，於是拍了許多幅。空氣冷冽清新，睡意全消。房檐下的冰棱柱在陽光下開始溶化，晶亮晶亮滴着水。附近有蓋到一半的木屋，還是個空架子，架子上所有的木條都積了白雪，一個房架子猶如一個童話故事。山茶花艷艷地開着，紅花瓣綠葉子上都積了糖粉似的白雪，怎看都像畫。紅豆一叢叢在陽光下招搖，被雪地一襯，分外搶眼。遠處的山頭前一天還是花白，這時候則全白了。天格外藍。

如此在一個人的世界裏遊走了許久，路上才開始遇到人和車，逆着光看，人和車都被陽光圍上了金邊。一群鳥兒聯群結隊飛過，天上又慢慢飄下雪來，起初星星點點，後來愈下愈密，雪花也大似鵝毛，落在頭上肩上，聽得見沙沙響。好久沒見到如此雪景，真是飽了眼福。在雪中東張西望站了很久，肚子突然餓了，這才在迷漫的雪花中走回酒店。

京都亂走

這日不遠遊，就在京都市內到處走走。第一站去了清水寺，的士坐到山腳下，順坡而上。這條坡道兩旁有許多特色的小店和餐室，本來很有意思，但遊人實在太多，又擠在一條夾道上，走慢了就擋着後面的人，我家大婆說好像又不是自己在走路了，跟前些日子蘇州園林的盛況有得一比。

清水寺紅葉的最佳狀態已過，已經開始燒邊，色澤不佳了。匆匆走了一圈，便去了南禪寺，那時人潮未至，尚算清靜，可以慢慢遊看。走到幽靜處，突然見到個活生生的古人，穿了一身漢服搖着團扇，讓一個攝影師高低左右拍照，估計是個標奇立異為國爭光的網紅。只是其志可嘉，行狀古怪，人也長得有點尷尬，不忍卒睹，快閃而走。

南禪寺附近有許多可以一遊的小寺，精緻靈巧，走走看看，不覺已過正午。周圍人也開始多了，便招了一輛車回酒店，將輜重放下，輕輕鬆鬆到了四條鬧市，去「松乃」吃鰻魚飯。這家老店每星期三星期四連休兩天，這天是星期五，下午三點鐘到達，進門等位處還有兩個空位，坐下等了三十分鐘，輪到我們入座。坐下之後侍應大嬸才告知因為廚房太忙，還需等四十分鐘才有得吃。這家「松乃」真是讓人等得奶都鬆了！於是落重本，點了一盒雙重鰻魚飯，不然對不起自己的耐性。

四十分鐘之後，鰻魚飯終於上桌，滿滿一大盒，其香無比。雙重的意思是一盒飯有四層，鰻魚、飯、鰻魚、飯，吃掉一重鰻魚飯，下面還有一重鰻魚飯。鰻魚炭燒，軟糯鮮美略帶焦香，特製的鰻魚汁浸透在日本米飯中，濃郁甜稠，再配一碗清鮮的鰻魚肝湯，一盒飯分量雖大，仍然吃得顆粒不剩。頓時大感滿足，結帳埋單，跟大婆攜手而出，又去京都街頭亂走了。

當年情

在箱根旅行的時候跟同行的朋友說起第一次踏足日本這個溫泉區的事情。那是一九九一年。

那一年，香港電影界爭拍金庸武俠小說，都來問查先生買版權。查先生無暇處理，就叫我幫他接洽，結果第一個星期就得了版權費港幣一百萬。查先生挺高興，說就用這筆錢請朋友們去旅行一次。於是聚了倪匡、蔡瀾、李文庸幾位朋友商討到哪裏旅行好。當時各出奇謀，上天下地，從北歐說到東歐，從非洲說到澳洲，結果倪匡兄說只想去日本，於是大家順着他，請蔡瀾兄安排，搞了一次東京、箱根之旅。

那次五對夫婦從香港出發，在東京下了飛機直奔箱根，住在一家叫「海石榴」

的溫泉酒店。白天在箱根四處遊玩，晚上在酒店吃懷石料理，吃完飯聊天聊到深更半夜。老式溫泉酒店，連櫈子都沒有，大家席地而坐，坐久了腿腳酸痲，東倒西歪，身上的日式睡袍要東拉西扯才不至走光。倪匡兄說笑話說得前仰後合，我們連忙喝止，說你動作再大一點，菩提子都要奔出來了！溫泉酒店的女主管稱為「女將」，「海石榴」的「女將」年輕時一定是個美人，我們見到之時雖徐娘半老，但風韻猶存，氣度雍容，回到香港後大家還常常提起，可見印象之佳。回到香港之後，查先生提議一起旅行的朋友合寫一個專欄，我問他用什麼欄名，他說就叫《海石榴札記》好了。可惜後來因為各自都忙，這個專欄沒能組成。

那真是一次愉快難忘的旅行，時隔三十四年，想起依然回味無窮。這次到了箱根，想起「海石榴」，便上網查了一下，原來還在。看圖片，客房的榻榻米都改成西式睡牀了。如今查先生和倪匡兄已遠遊，不知當年的「女將」安在？睹物思人，舊地重遊也一樣。

夕陽之湯

過了年，到日本一遊，本來想去有馬溫泉住幾天，但想住的那家酒店客滿了，結果到了淡路島。

在大阪下了飛機，開兩個鐘頭車就到了淡路島，島很大，又開了差不多一小時車才到酒店，下午四點多鐘，夕陽西下，酒店在山頭上，可遠眺著名的大鳴門橋，是看日落的上佳地點，所以酒店的露天溫泉叫「夕陽之湯」，以日落美景作招徠。住這家酒店，就要在黃昏的時候去幫襯一下。黃昏時分，泡在這池夕陽之湯裏，水氣氤氳，風涼水暖，瀨戶內海的山光水色在眼前泛着金光，一輪紅日慢慢西沉，落在遠處起伏的山脊上，山色如黛，山影如浪，天色漸漸泛紅，映到近處，溫泉池水也紅光粼粼，彷彿融進了夕陽之中。這池熱湯，也名副其實了。

池裏泡着我跟一個日本男人，一邊看日落一邊用簡單英語加手勢聊天，他是大阪來的消防員，這天是假期，帶着老婆兒子到淡路島渡假。他說聽說香港是個好地方，我說香港是個好地方，就像日本也是個好地方。他笑了，問我去過日本什麼地方，我便把去過的日本地方一處一處數給他聽，他聽得眼睛愈瞪愈大，因為我去過的日本地方，比他多得多。我說這個你就不要介意了，因為我是遊客，就像在香港，日本遊客到過的地方和「景點」，有不少我也沒去過。

他說他沒到過香港，我說你來呀，香港歡迎你。

如此這般，兩個男人赤條條泡在溫泉裏聊了半天，很樂。當然，如果有個女人在如此環境中一起看夕陽，我會更樂。

金礦場

拉斯維加斯附近有一個廢棄的金礦場。1861 年開張的時候，那地方住了一百六十多人，是附近地區一個重鎮——那時候，拉斯維加斯只住了三十人。

淘金熱過去了，礦裏的金子也淘光了，這礦場就廢棄了，如今成了一個參觀歷史之處。從拉斯維加斯開一小時車，遠遠望見一個廢車場，有一間比較像樣的木屋，木屋下層是商店兼礦場博物館，樓上就是老闆的住宅。那裏有個下井參觀礦洞的節目，先由導遊講述當年開礦的歷史故事，其中包括一些當時被通緝的殺人犯，還有當時採礦的工具，其實就是一根鋼纖一把鐵錘，礦工們在礦壁鑿洞，然後塞進雷管，雷管一爆，礦就採了。諸如此類，講完就帶人下井去參觀。

我們在地面拍攝，那裏有許多廢棄的汽車，銹迹斑斑，散得四處都是。荒漠之中，一大片一大片的仙人掌，然後就遇到這麼一個到處都是廢棄汽車的廢礦，那汽車也都不知是什麼年代的，加上礦場廢置的設備，你在空氣中可以聞到一股鐵銹味，那場景像是科幻電影的片場。此時遠處公路上傳來隆隆的馬達聲，幾十輛哈雷電單車呼嘯而來，亮麗的車身在陽光下閃着光，電單車黨有男有女，長得有好看有不好看，個個一身「皮氣」，男粗女壯。本來冷清的礦場忽然熱鬧起來，場面卻更加令人疑真疑幻。

海玻璃

從拉斯維加斯飛三藩市，在朋友家住了一晚。第二天早上往南而去，在海邊度假村住兩晚，休閒度日。

海邊有一處地方叫 Davenport，是個大浪海灣，海水洶湧而來，打在岸邊山崖上，捲起雪白巨浪，氣勢不凡。那裏海灘上有不少人舉鏟挖掘，原來還以為他們挖蜆，但走近一問，卻問出了一個有趣的故事。

那個海灣附近，在五十年前開了一家玻璃廠，生產各種彩色的玻璃產品，一件玻璃產品若在生產中報廢，就會打成碎片，倒進工廠後面的小溪之中，小溪通大海，水大的時候就會將碎片玻璃帶進大海，那個海灣海浪特別大，沖進海裏的玻璃碎片又會被海浪捲回岸邊沙灘，埋在裏面，經過長時間的海水和沙石打磨，變成了一種奇特的玻璃產品，拿來做首飾，可賣不少錢。那些揮鏟的人，其實都是在發掘他們口中的「Sea Glass」，挖到了，儲起來賣給做首飾的商人，由這種特別的 Sea Glass 做出來的戒指、耳環和項鏈，賣得還挺貴。

這天天色陰沉，海裏的大浪越發洶湧，挖Sea Glass的人毫不退縮，頂浪而掘，他們分散在海灘上，海浪湧到沙灘上立即顯出雪白的激流，此起彼落，將海灘變成海浪的圖畫部，一個圈一個圈，重重複製。淘寶的人都穿緊身防水衣，站在雪白的浪潮中，構成了非常好看的圖案，於是我拍了許多照片，成旅途中一大收穫。

羚羊谷

一早起來，開車去羚羊谷（Antelope Canyon），也不過十分鐘就到了，因為是私家攝影團，預先已作登記，並繳付保險費和入場費，入場費只收現金，二百多美金一個人。然後說了些規則，上了指定的吉普車，在荒漠中七轉八轉，到了一處山壁，見到一個很窄的入口，導遊說，到了。

羚羊谷以狹窄奇特出名，谷中砂岩犬牙交錯，最窄處，人要側身繞着走，地勢有起伏，有時要伏身而過，有時要攀梯而行。有時只在石縫中見到一線天光，有時卻會豁然開朗，別有洞天。砂岩堅實，表面則十分光滑，並有波浪形細紋，本身呈暗紅色，當陽光從谷頂照下來，光影變幻中，砂岩光暗不勻，顏色也或紫或紅或黃變出許多種，一條細長彎曲的峽谷，頓時如夢如幻，即便是用手機，都可以拍出奇妙的照片。

那地方極是乾燥，但每到風季，遠處高山常會山洪暴發，洪水衝進峽谷，水流加速，帶着砂石奔騰而過，衝力極大，水中的砂石便如刀斧，經幾百萬年時間，就劈削出了幾條奇特的山谷，真叫鬼斧神工。人在谷中，攀上伏下，看光影轉換，看色彩變幻，想着地殼運動之際從海底瞬間冒上來的怪石，時光如梭，卻又突然停止，凝結成眼前奇像，真的不枉此行。

蛇窩

在羚羊谷轉了兩個小時，看光影變幻，看造化之神奇，攀高伏低，時間飛快過去，卻不覺累。然後沿着一條鐵梯往上爬，頭頂藍天乍現，陽光猛烈，原來已攀到峽谷頂端，上了地面。

地面全是沙，往下望去，峽谷只是極窄的一條線，若無人帶路根本不知道腳下有如此一道奇特的風景。導遊指着旁邊砂岩上一個個小洞問：知道這是什麼嗎？見無人能答，便告知實情：這些都是響尾蛇的窩。聞言頭皮發麻。導遊又説，其實我們腳下的砂地中，也有響尾蛇隱藏，若是下雨，兩水浸進地下，蛇都會鑽出來。頭皮於是又麻了一麻。

如今是冬天，氣溫低，蛇都在冬眠，所以渾然不覺。導遊説，到了氣溫升到十八度左右，響尾蛇從冬眠中醒來，那時就有很多蛇爬出來，那時導遊就會手拿一根棍子，見一條挑起一條，放進袋子裏，遊客繼續前進。

砂岩上有許多蛇洞，不由想起在非洲，當地土人指着山坡上星羅棋布的小洞告知，那都是蛇洞，大蛇在裏面孵小蛇。所以走路小心，要顧着腳下。想想剛才在那麼窄的谷底擠來擠去，若有一條蛇跟着湊熱鬧，或前或後或左或右，那就真的不知如何是好了。

頭皮第三次發麻。本來還在想找一次再來看看羚羊谷的奇景妙色。如今熱誠大打折扣。

九百年一把鎖

Otazu 酒莊裏有一座九百年歷史的小教堂，位於西班牙聖雅各朝聖之路（Camino de Santiago de Compostela）的必經之處，也曾經是朝聖的信徒必到之地。

小教堂貌不驚人，名氣卻很大，九百多年了，酒莊主人至今還保存着當初那把大門鑰匙。於是我就拿着這把鑰匙打開了教堂的木門。

這是一個有趣的體驗，拿一把九百年前的鑰匙開一把九百年前的門鎖，鐵鑄的鑰匙長逾八寸，沉甸甸的，插進匙孔中，用力一扭，卡噠一響，木門應手而開。推門而入，那感覺如通過了一條時光隧道，一腳踏進了歷史。

教堂裏保養得很好，鐵匙開門的手感尚未消失，大概因為這個原因，就算我不是教徒，看着前面的聖壇，心裏也莊嚴肅穆起來。我認為信仰從心，心中的感受遠比形式重要。

這也是在歐洲旅行的好處，到處都是古蹟，隨手觸到歷史，又都保持得那麼好，這跟 GDP 沒有關係，人家珍惜自己的好東西。

聖家教堂

到巴薩隆那旅遊的人，都會去高第的「聖家教堂」看看，「聖家教堂」附近也就從早到晚人頭湧湧。我問我們的西班牙導遊：「那裏是不是有很多扒手？」她說：「是，有些扒手我還認識，會先跟他們打招呼，說這是我的客人，把你們的手縮回去！但是，還有很多不認識的嘛！所以還是小心為妙。」高第設計的聖家教堂1882年開始興建，藍圖非常宏大，總共有三道門，十八座高塔，從天空看下去，如在地上鋪了一個巨大的十字架。其中十二座塔代表了耶穌十二門徒，中間四座塔代表了四位「福音」作者，另有一座代表聖母瑪利亞，最高，也就是一百七十米的教堂頂端，則代表耶穌。教堂蓋了一百多年，至今還有大半沒有建成。巴薩隆那政府許下承諾，說在2026年，也就是高第逝世一百周年之時，將教堂徹底蓋好。不知道到時當地政府能不能實踐諾言，教堂也不用像個永遠在開工的地盤。

只要你走進「聖家教堂」，一定會被裏面的裝飾和結構吸引，隨之讚歎，這麼巨大而複雜的一座教堂，竟出自一個人的腦袋，靠他的奇思妙想在眼前建構出如此奇幻的景色。我下午走進教堂，強烈的陽光通過大面積的彩色玻璃照進來，半個教堂頓時如陷在火燒雲裏，各種各樣的紅色，閃着金光灑向四周，壯麗璀璨，乍見猶如做夢。

一家教堂蓋了一百多年還沒竣工，這麼不合理的事情，發生在高第手上，卻又變得理所當然。全世界的人都跑來這裏，看一個永遠開工的地盤，看完讚歎敬佩，然後也不知道自己捱不捱得到教堂竣工的一天。

飲食

華姐清湯腩

好幾次經過天后的「華姐清湯腩」，門口都排着大隊。有一次專門坐車而去，還是因為排隊的人太多而作罷。

這天下午又經過那裏，見門口沒有人龍，店裏還有空位，即使肚子不餓，也坐進去叫了一碗崩沙腩河。崩沙牛腩分兩層，表面一層半透明呈乳白色，底下一層色澤紅潤，肉質鮮美，他們選的河粉也十分細滑，湯底更是鮮美。好久沒吃這一口了，這一口還是這麼好吃。

幫襯這家清湯腩大概已過三十年，那時我在附近報館上班，女兒在旁邊的維多利亞幼稚園上學。每天幼稚園放學之前，我就會跟一班菲傭擠在一起等放學，等接到女兒之後，再領她到報館等我下班。回報館必途經「華姐清湯腩」，我們經常順腳坐進去吃碗牛腩河粉，成了一個父女同樂的下午點心節目。

那時候華姐還在，一來二去成了朋友。她本來是主理旁邊那家親戚開的清湯腩店的，後來兩家鬧了意見，她和大兒子自立門戶，用自己名字開店，由於品質優良，顧客盈門，幾十年聲名不墮。華姐出身於廣州飲食世家，一肚子的老廣東飲食掌故，每次去吃清湯腩就聽她講故事，十分愉快。後來華姐年紀大了，體力弱了，但每天還是堅持坐在店內一角監督生意，控制品質。再後來華姐走了，兩個兒子接班打理這家小店，幾十年來，那一碗清湯腩味道一如既往，肉鮮湯鮮，口腹之樂中還夾帶了溫暖的人情，舌尖上的味道便愈發飽滿了。

寧波湯圓

下午在家忽然想吃點甜食，想起前些天在「同順興」買的寧波黑芝麻湯圓，便煮了一碗，吃了一頓香甜的下午點心。

寧波湯圓是用水磨糯米粉做的，軟糯細滑。黑芝麻餡熱炒細磨，然後加糖加豬油，甜美香滑，寧波人將之稱為「黑釀酥」，搓成小團，釀在雪白的糯米粉裏，煮熟之後，湯圓成半透明，隱隱約約可以看到裏面的黑釀酥。

咬開一小口，芝麻香味隨着熱氣冒出來，黑亮晶瑩的餡也如岩漿般流淌而出，甜美不可當。

以前上海人家都會自己做黑釀酥湯圓。逢年過節之前，將塵封的石磨搬出來，在一張結實的木凳上架好，牽磨的人在磨邊坐定，一邊握着木把牽磨，一邊將浸了水的糯米一勺一勺舀進磨眼，石磨轉動，細白的水磨粉從磨底流出。那時候的上海孩子好像都做過這一件輕鬆的體力活。

寧波東錢湖的柏悅酒店裏有一座舊祠堂改造的茶室，每天下午便有兩位穿着藍花布衣裳的當地姑娘坐在院子裏磨水磨粉包黑釀酥湯圓，現包現煮，讓客人嘗一口甜美細膩的江南風情，嘗過之後，念念不忘。

寧波市裏有一家出名的點心店叫「缸鴨狗」，是創店老闆江阿狗名字的方言諧音。江阿狗不識字，所以在店門外招牌上擺了三隻陶製模型，一隻缸一隻鴨和一隻狗，人們見了就可以讀出「江阿狗」來。「缸鴨狗」也是以黑釀酥湯圓出名的，雖然店裏食物眾多，但如果不吃一碗湯圓，就好像沒有去過。那湯圓是不是特別好吃呢？其實，只要是寧波人做的黑釀酥湯圓，都好吃。

醬肘子和蒜腸

北京有家醬肉舖叫「天福號」，百年老店，乾隆三年（1738年）開業，專賣各類醬肉，醬豬肉、醬牛肉、醬豬肝等，都是老北京口味，喜歡這一口的人，都認這個招牌。

每次去北京，如有時間，我就會在附近找一家「天福號」的分店，挑喜歡的熟食買一些帶回香港，尤其是他們的醬肘子，更是一定幫襯。這就像以前到了上海，會去十六舖的「德興館」外賣他們的燜蹄一樣，雖然都是元蹄，但南北風味不同，吃上海「德興館」的燜蹄，可用軟熟的荷葉餅夾來吃，但北京「天福號」的醬肘子，最好用剛剛出爐的芝麻燒餅，夾而食之，燒餅外脆內軟，略乾而有麵香，醬肘子味鹹而豐腴，油潤的肉皮色澤深沉，略帶焦香，跟燒餅一配，剛柔並濟，龍門客棧那一路風情，嚼在口裏，麵香肉鮮，好吃極了。

說起「天福號」，是因為這天在網上採購食物，竟然見到有「天福號」肉品賣，連忙下了訂單，要了醬肘子和蒜腸、松仁小肚，兩天後收貨，只到了蒜腸和小肚，醬肘子漏了單。那蒜腸也是北京名食——北京還有一種把澱粉灌進腸衣，有粉無肉的「灌腸」，而多粉少肉的叫「粉腸」——這蒜腸是肉腸加蒜，蒜味剛勁，好這一口者吃起來特別過癮。這天午夜，也不是餓，純粹貪一口之樂，便切了一碟「天福號」蒜腸，開了一罐冰凍啤酒，喝酒吃肉，打開Netflix重看《疤面煞星》，味覺跟視覺同樣刺激。一會蒜味四散，睡在房裏的毛兒子拖肥聞到了奔出來，抽着鼻子四處張望，好像是覺得家裏來了一窩韓國人。

包有熱汁

中環交易廣場的「紫玉蘭」有一道煎小籠包。小籠包都是蒸的，這個包則先蒸後煎，既肉鮮汁豐，又有脆底，很好吃，每次去必點。這天中午跟朋友去吃飯，又點了煎小籠包，挾了一個，一口咬開，裏面滾燙的汁湧出來，舌頭就被燙麻了。

從小吃小籠包、生煎包、鮮肉湯圓，經常被裏面滾燙的熱汁燙麻舌頭。心急吃不了熱豆腐，吃這些內有一包又鮮又燙熱汁的江南包點也一樣，稍為心急一點，立即中招，中招後舌頭起碼有兩天不靈光。所以吃的時候務必要小心，要想着自己有儀態，要慢。這是在吃這些包點的時候，我常常告誡同桌朋友的，說得頭頭是道，但自己卻每每中招。

日本大阪心齋橋商店街上有一家賣生煎包的小店，門面極小，但那包子的做法和味道跟上海的「小楊生煎」如出一轍，每當經過我都會買一客解饞。日本人做事仔細，在店舖裏張貼圖文並茂的告示，說明生煎包滾燙汁液充沛，汁會噴薄而出，不但弄污衣服，還會燙傷人。所以吃的時候不要心急，要按步驟來吃，先咬開一小口散熱，然後慢慢吮汁，最後才下口吃包。那個告示漫畫化，生動有趣，十分為心急食客着想。

幾十年前有一次在上海吃生煎包，舊式的點心店，食客都要搭抬。一個女孩挾起生煎包一口咬下，包裹豐沛的熱汁像箭一樣噴射而出，噴了旁邊的男人一身。男人啪一聲放下手裏的筷子，用眼瞪着女孩。女孩尷尬極了，一邊道歉一邊拿了紙巾想幫男人抹身上的湯汁。男人一把推開，也不說話，繼續瞪着女孩。同桌的食客看不過眼，就說人家小姑娘都跟你道歉了，你就讓她幫你抹一下好了。那個男人這才開口說，現在抹有什麼用，你沒看見她碟子裏還有三隻生煎包嗎！

吃刀魚

到了這時季，江南朋友開始吃刀魚了，清蒸刀魚、紅燒刀魚、刀魚餛飩、刀魚汁麵，照片都陸陸續續在網上出現。

刀魚乃長江四大名魚之一，春季盛產，在清明之前，價錢是一個星期比一個星期貴，最貴可賣數千元一斤。但到了清明之後，價錢則掉頭向下，愈來愈便宜，之所以這樣，是刀魚的魚刺，過了清明就開始變硬，肉質也不如前了。

刀魚魚刺極多，又細又密，吃的時候必須小心，一不留神就會中招。所以一桌人吃飯再怎麼熱鬧，只要一盤刀魚上來，立即鴉雀無聲，個個低頭吃魚，魚肉一定混以魚刺，吃時要在嘴裏慢慢分離魚肉和魚刺，然後細細抿嘴，將魚刺抿出來。所以嘴巴特別忙碌，人人一嘴魚刺，哪裏還説得話出來。吃魚吃得如此苦心，理由只有一個，就是這魚實在細膩鮮美。

上海有家老牌麵店叫「老半齋」，招牌麵叫「刀魚汁麵」。每年到了刀魚季節，大師傅將買回來的刀魚洗乾淨，置於鍋中熱炒至金黃色，然後用紗布包好了，連肉帶骨一起熬汁，熬得色如牛奶，再加了雪菜做刀魚汁麵。這碗麵裏有刀魚鮮而不見刀魚，像神話一樣。據說以前還做刀魚麵，做法是把刀魚吊在一鍋滾水之上，蒸氣不斷升騰，把魚慢慢熏熟，魚肉一點點脱骨離刺掉下來，掉一點，接一點，接夠分量，就拿去做一碗刀魚麵。與之相比，刀魚汁麵又低一等了。

泡飯

潮州粥是很鮮美的食物，方魚肉碎粥、鯧魚肉碎粥、蠔仔粥——一聽材料，就知道是一個「鮮」字的配搭。

正餐也好，消夜也罷，若有一碗上述的潮州粥，總是十分完美。這天吃潮州粥的時候，還想起三十多年前做周刊的時候，晚上截完稿便常常到上環的潮州巷消夜，簡陋的環境，冰凍的啤酒，赤裸大燈泡下鑊氣翻騰，搶火搶得人心振奮。一大輪吃喝下來，必以一鍋蠔仔粥收尾。看着紅鼻子大師傅一樣一樣材料放進鍋裏煮泡飯，手勢嫻熟，過程流暢，還未回過神來，一海碗香氣撲鼻的蠔仔粥已經端到面前。粥面上漂着葱花和芹菜末，飽滿的蠔仔一顆顆埋伏在湯水之中，趁熱撒下胡椒粉——一頓消夜畫上了完美的句號。

上海人感到潮州粥特別親切的原因，是潮州粥雖然叫「粥」，其實就是泡飯。上海人特別喜歡吃泡飯。只是上海人吃的泡飯，不像潮州粥那樣花樣都在粥裏，上海人最常吃的是開水泡飯，下飯的花樣都在外面。電視劇《繁花》裏的寶總喜歡到玲子那裏去吃泡飯，玲子用開水為寶總泡好了飯之後，配上七八碟有粗有細的小菜給他送泡飯。那是個大多數上海人看了都又親切又吊胃口的畫面。上海人喜歡吃泡飯，不大喜歡喝粥，小時候，生病了才喝粥。

上海人雖然對泡飯情有獨鍾，但以前又總是有人警告你說如果泡飯吃多了會傷胃，理由是吃泡飯不像吃乾飯那樣咀嚼，常常不及細嚼就咽了落肚，不利消化。那時候的人特別容易胃痛，胃一痛就找各種各樣的原因，於是泡飯也就不可以多吃了。直到後來，人們才知道胃病的最大成因，是幽門螺旋菌，如果沒有幽門螺旋菌作祟，吃多少泡飯都不怕的。我這篇稿，就是白天在外面吃了蠔仔粥之後晚上又在家裏吃了三碗泡飯之後寫的。

臭豆

黃昏在尖沙咀遇雨，躲進海港城吃晚飯。乘手扶電梯上樓到「CaN LaH」，大廚張師傅也剛到餐廳。坐下點菜，想起有小朋友說在那裏吃過臭豆做的菜餚，問張師傅，他說有，便點了一盤炒臭豆，吃得十分過癮。

臭豆（Pete）是東南亞特產，印尼、馬來西亞、泰國都有，外表如蠶豆，剝出來的豆子形狀也類似，質地軟中帶爽，有特殊氣味，拿來炒五花肉或者炒辣椒或者炒蝦醬，喜歡這一口的人食之上癮。據說這種豆子不但有營養，對人體健康也有功效，尤其是對泌尿系統益處最大。大概是這個原因，吃完臭豆之後，那股特殊的氣味便會在小便之中十分強烈地煥發出來。那位告訴我「CaN LaH」有臭豆吃的小朋友那天吃完之後，回家撒了一泡尿，被女朋友經過洗手間聞到，以為他得了什麼怪病，馬上催他去看醫生。

我家菲律賓姐姐也很喜歡臭豆，常常買回家用來跟辣椒、五花肉同炒。製作之時必關緊廚房門，以防氣息外泄。待炒熟了，氣味便稍淡一些。這道菜味道和口感都佳，十分下飯，沒有兩三碗白飯很難停口。至於上洗手間時的後果，因為已有心理準備，聞之倒是覺得身體被有機排毒，心安理得，只要那日不在家接待客人便是。

臭鱖魚

我家大婆網購買了一條臭鱖魚，魚是生的，附送調好味道的配料，配料中有大量紅辣椒，還有幾塊黑色的炸臭豆腐，然後照自己口味輕重烹調。大婆特地加了些肥肉丁，紅紅火火燒好，端上桌一試，說不夠臭，叫我嘗嘗，我不吃。

臭鱖魚是徽菜名餚。徽菜特色可以用八個字概括，那就是「嚴重好色，輕度腐敗」。菜餚重油重色，清淡不得。「輕度腐敗」者，便是一些特地發酵長毛的食物，比如毛豆腐，比如臭鱖魚。有一年跟大婆去黃山旅行，在山腳下的屯溪住了一天，晚上外出覓食，進了一家徽菜館。叫菜的時候大婆想起傳聞中的臭鱖魚，問店家有沒有，店家說當然有，便點了一條，須臾上桌，我打了一個噴嚏，如同面前擺了一隻臭腳。馬上跟大婆說你先吃，我出去拍點照片。出去轉了一圈回來，那條臭鱖魚已經給大婆吃光！她從此對此物上了癮。後來從黃山下來，到了杭州，老友寂萊聽說大婆愛上了臭鱖魚，便帶去西湖邊的新新飯店，說那裏的臭鱖魚杭州第一。大婆一嘗，驚為天餚，大快朵頤。我又出去拍照了。

從此以後，在大陸各地旅行，只要是吃徽菜，她一定不放過這道臭鱖魚，長久以來，我只試過兩口，一試難忘，就此打住。愛屋及烏，愛老婆，臭鱖魚儘管讓她獨食便好。不料如今網購發達，人在家中坐，臭魚送上門。

這天見大婆煮好了臭鱖魚，熱騰騰端上桌來，心中暗驚，屏息以待。大婆則在一邊埋怨，說這魚不夠臭。我慢慢打開嗅覺，吸口氣。大婆問，是不臭吧？我說這隻腳不臭，但襪子起碼五天沒洗了。大婆白我一眼，大快朵頤。

我覺得有點暈，但堅持下來，沒有出去拍照。

饅頭

晚飯我吃飯大婆吃饅頭，饅頭是北方朋友特地從內地帶來的，我家大婆好這一口，一見就喜歡。

看到這饅頭就想起青島著名的「王哥莊大饅頭」，那是青島名物，饅頭做得大如腦袋，鬆軟適度，麵香四溢，放在嘴裏嚼得略久些，會嘗到發麵中自然的甜味。幾年前去青島拍美食節目，專門去過王哥莊拍大饅頭製作，一家工場之中，架子上滿滿全是腦袋大的白饅頭，十分壯觀，也很可愛。這種饅頭青島機場有賣，每次看見必買兩個帶給我家大婆，她必高興一番，經濟實惠之極。

北方人饅頭和包子分得很清楚，實心的叫饅頭，有餡的叫包子，不能叫錯。但到了江南，上海蘇杭，饅頭和包子就隨便叫，實心的叫饅頭，有餡的也叫饅頭，所以生煎包、小籠包，在上海正宗的叫法其實是「生煎饅頭」、「小籠饅頭」。所以上海老城隍廟九曲橋邊上天天排大隊的那家，就叫「南翔饅頭店」，而非「南翔小籠包」。

這一點，日本人倒是學去了，所以在日本，所有的包子都叫饅頭，「豚肉饅頭」、「豆沙饅頭」。「南翔饅頭」在日本有分店，倒是不用改名。在人阪心齋橋有一家非常有水準的生煎包店，店主應是中國人，在日本，也叫「生煎饅頭」，上海人見了，特別親切。

魚子醬

澳洲有一種野果叫「指橙」（Finger lime），外表不佳，粗粗短短如不纖細的手指，但切開之後，裏面的果肉晶瑩通透，呈魚子狀，不同品種有不同顏色，赤橙黃綠有十九種之多，且有特殊香味，為法國廚師喜用，價錢昂貴，有「水果中的魚子醬」之稱。

前些日子西班牙朋友來香港，請他在「留園雅叙」吃上海菜，其中有一味「黑松露甜豆炒蝦仁」。西班牙人一見那碧綠的甜豆——小豌豆——就說在西班牙，人們將之稱為蔬菜中的魚子醬。我笑說那這道菜又是黑松露又是魚子醬，西方人所謂的「三大珍味」佔了兩味（還有一味是鵝肝），非常矜貴了。由此也可見，在西方人心目中，「魚子醬」就是好食物的標誌之一，某一樣東西令人喜歡並覺得矜貴，就稱它「魚子醬」，以增名聲。

在沒有吃過魚子醬之前，「魚子醬」三個字是在許多翻譯小說中看見的，其中俄國小說中有時提到的「大馬哈魚子醬」，那時候還真不知道是什麼東西。後來當然吃到了魚子醬，上等的貝魯嘉魚子醬放在軟軟薄薄的麵餅上，配上好的香檳，真是人間美味，但這是鱘魚子，不是「大馬哈魚子」。

「大馬哈魚」是中國東北人對三文魚（鮭魚）的稱呼，大馬哈魚子也就是橘紅色的三文魚子，做出來的魚子醬也是橘紅色的，跟黑色的鱘魚子做的魚子醬是兩回事。我吃過朋友從俄國帶回來的「大馬哈魚子醬」，鹹鮮味重而腥，要配烈性伏特加酒才壓得住，相比之下，日本的三文魚子，無論是清酒漬還是醬油漬，鹹鮮中帶着清甜，好吃得多。在日本旅行，隨便走進一家小館子，叫一碗鋪滿三文魚子的「親子丼」，加一碗麵豉湯，那已是天味，但從來不會去跟「魚子醬」扯上關係。

人生一碗

中午去樓下燒臘舖吃飯，不想吃燒味，伙計便說牛腩燜得不錯，可吃牛腩麵。

牛腩真的燜得不錯，熟脍中不失彈性，很是入味，又加了兩塊牛筋，嚼之如花膠，一碗牛腩麵便很出色了。

前些年去北京，正好吳宇森也在，便約了他去馬會會所吃飯，吃的是粵菜，吳大導等我點完菜之後，說再來一碗牛腩麵吧，好久沒吃了。菜陸陸續續上桌，我們邊吃邊聊，幾年不見，話題也特別多。等牛腩麵端上來，吳宇森吃了一口便靜了下來，接着第二口第三口，埋頭吃麵，等我問他味道如何，他才抬起頭來笑着說：你沒見我好吃得話都說不出來了。於是打住話頭，看他連湯帶麵吃乾吃淨，抹了嘴，長嘘一聲，彎眼笑得十分滿足。我還是第一次見人吃牛腩麵吃得如此興高采烈。吳宇森看着那隻空碗說，年青的時候在香港拍實驗電影，那時很窮，有點錢都花費在電影裏了，若哪天口袋裏稍有餘錢，拍完一天電影可以去街邊吃一碗牛腩麵，便是莫大享受。經此分解，才知道他剛才為什麼如此陶醉在那碗牛腩麵之中，因為那是一碗牛腩麵，又不止是一碗牛腩麵。

我們的味蕾，可以為我們帶來味道，也可以帶來記憶，一種熟悉的味道，勾起的是曾經的人間煙火，煙火閃動，記憶中的人和事都在其中悠悠升起，如真似幻，五味雜陳，燈火闌珊，星星點點，都在舌尖閃爍。於是眼前這一碗，又不止眼前這一碗了。

隆冬吃羊肉

天氣一冷，就想吃羊肉。此時北方的涮羊肉做得熱火朝天，想想一個個銅炭爐，炭紅鍋熱，水氣迷漫，吃火鍋的人忽隱忽現，臉泛紅光，熱烈極了。這時候廣東的枝竹羊腩煲也是一絕，黑草羊腩跟腐竹冬菇冬筍一起在鍋裏滾到軟糯香膩，挾出來點了腐乳醬，燙嘴之時食之，細嫩豐腴，一口咬到那塊肉皮，牙齒只覺略略一彈，頓時消魂。

其實羊肉也不一定要冬天吃的。中國許多地方終年吃羊，不算新疆和內蒙古，山東魯西地區就有從早到晚喝羊湯的習慣，那羊肉湯都滾成奶白色，肉鮮湯鮮，早午晚三餐都可吃，消夜也可以。所以到了魯西沒喝過羊湯，那就白去了。羊肉也不一定是北方最盛，到了江南，蘇州有個藏書鎮，就以羊肉著名，到了蘇州，要吃羊肉，就是藏書羊肉，賣羊肉的食店也都說賣的是藏書羊肉。羊肉羊雜，賣得像廣東的清湯腩一樣，可當藥可配麵，一年到頭，幫襯者眾。

上海老友潘敦知道我好這一口，前兩天特地寄了兩包藏書羊糕給我。羊糕就是羊肉凍，這藏書羊糕用羊肉和豬皮凍湯合成，調味只加料酒和鹽，凍成　塊，真空包裝。收到後先在雪櫃裏放一夜，第二天開封，切片盛在碟中，另配鮮嫩的大蔥心、甜麵醬。那羊糕肉質細膩，嫩而味鮮，肉凍在嘴裏慢慢溶化，包裹着羊肉，鹹淡正好，被同時嚼在嘴裏的大蔥心一撞一激，那鮮香就從口腔直衝腦際，此時再抿上一口日本清酒，寒冬臘月，渾身暖洋洋。

冬筍上市

我家菲律賓姐姐見冬筍上市，買了一些回來，加上鹹肉、鮮肉和百頁結，給我做了一鍋她口中的「Shanghainese soup」，也就是「醃篤鮮」。這晚天涼，一鍋鮮湯熱騰騰，吃得遍體生春。菲律賓姐姐說現在冬筍賣得很貴，我說時鮮貨是這樣的。前兩天在海洋公園看熊貓，兩隻熊貓一口氣吃了許多竹筍，都是冬筍，口福好極了。

春天和冬天出的竹筍最好，春筍細細長長，冬筍則短短胖胖，像一隻隻小豬蹄。「醃篤鮮」這道湯要用鮮嫩的冬筍或者春筍，關鍵是一個「篤」字，久煮的意思。「醃篤鮮」不難做，把所有材料放在一起，用小火慢慢「篤」出一鍋湯來，將鹹肉和鮮肉的味道煮出來，把竹筍的鮮香「篤」進湯裏。心急不得。所以這道湯要在家做，可以用時間慢慢「篤」，「篤」個三小時最好。若在飯店臨時叫，叫來都不是那個味道。

做這道湯的材料一定要好，鹹肉的質量馬虎不得，稍有油溢味便會壞了一鍋湯。

所以一定要買色澤鮮潤的上等鹹肉。在上環的「同順興」有一種叫「刀板香」的鹹肉，用來做「醃篤鮮」，萬無一失。筍當然也要買得對才好，街市裏有時會賣一種賣相不錯的筍，類似台灣那種用來涼拌的「沙律筍」，這種筍不但沒有筍香，一下鍋還會出水。我家菲律賓姐姐就上過一次當，結果壞了一鍋湯。自家做菜，材料質量永遠排第一位。

幾個星期前在上海興國賓館吃飯，有一道菜叫「醃篤鮮獅子頭」，是將鹹肉和鮮肉剁碎了一起做成大肉丸，很是創新，味道也不錯。但相比之下，我還是喜歡傳統的「醃篤鮮」，熱騰騰大塊吃肉，大塊嚼筍，大口喝湯，最是過癮。趁着有冬筍，須多吃些才好。

最難忘的羅宋大菜

朋友這天看我寫「羅宋大菜」，來電聊天，問我有沒有去過北京的「莫斯科餐廳」，我說當然去過。這家老牌俄國餐廳就在北京動物園附近，仿莫斯科克里姆林宮的老建築，建於五十年代中國跟「蘇聯老大哥」最親近的時候，十分宏偉。「文革」的時候，那裏是高幹子弟聚餐之地，滿餐廳穿軍裝的紅衛兵，他們將這餐廳簡稱為「老莫」，能去「老莫」吃頓飯，很「人上人」的。二〇〇二年我第一次組團去北京旅行，就安排了一頓飯在那裏吃，羅宋湯、牛油雞卷、罐燜牛肉，吃得七十個團友興高采烈。

我跟朋友說，令我印象最深的一次「羅宋大菜」，是小時候四五歲在上海，那時正逢中國三年大饑荒，全國鄉下不知餓死多少人，生活在大城市的人也天天以菜粥果腹，肚子裏油水刮都刮不出幾滴。有一天晚上，家中大人們突然很興奮地說第二天去吃「大菜」，要早起。這真是不得了的事情，全家人幾乎當晚都沒睡着，第二天天還沒亮就起牀，冬天寒冷，個個穿成粽子一樣出門。那家西餐廳離家不遠，我們到那裏時門口已排着大隊，大家在寒風中等開門，人人面有菜色，心裏熱得滾燙。

然後就開門了，魚貫而入，坐定之後，「大菜」就來了，每一客一碟羅宋湯兩塊麵包。如此而已，別無他物。滿餐廳響起了喝湯聲，嗒嘴聲，一屋子羅宋湯味，令人激動不已。半個多世紀過去，我還記得這一頓振奮人心的「大菜」，記得從前一晚興奮到翌晨的刺激，記得晨光中排隊的人影，記得那一屋子的羅宋湯味，記得唯一美中不足的是那盛湯的碟子太淺。

最佳拍檔

朋友來家吃飯，帶了上等紅酒。我在前菜中加了一道溏心皮蛋，他從未試過用皮蛋下酒，一試之下，大呼過癮。

我說皮蛋和紅酒的搭配很好，若是換了啤酒，那更是一絕。

一九七八年夏天，我去北京探望在那裏臨時教書的父親。有一天假期，父子倆去遊頤和園，天氣很熱，公園小賣部連水都沒有，只賣兩樣東西：啤酒和皮蛋。在那個物資奇缺的年代，也沒人奇怪為什麼會這樣，於是就買了兩瓶啤酒解渴，另外一人一個皮蛋，權作下酒之物。兩人坐在樹蔭下，一啤酒一口皮蛋，想不到啤酒和皮蛋的味道出奇合拍，在嘴裏衝撞出來的化學作用美妙之極。這一下真是意外之喜，頓時覺得清風徐來，精神爽利。

從此記住。

用皮蛋下啤酒，最好要溏心皮蛋，也不用蘸料，切開了一口一口下酒，皮蛋裏那股略似阿摩尼亞的氣味，跟啤酒的麥香和氣流在口中一撞，順喉而下，激蕩起來，那種滋味會令人頓時醒一醒，十分過癮。

我把這個經驗跟朋友分享，試過的人都説好介紹，連外國人都不例外。皮蛋英文稱「千年蛋」（thousand-year-old eggs），在外國人心目中是勇敢人吃的恐怖食品，黑乎乎的見了心驚。但有一次逼着一個英國人跟啤酒共食，立即上癮，從此克服了皮蛋恐懼症，只要一喝啤酒，就想來一隻皮蛋。

吃荔枝

朋友送來新鮮採摘的荔枝一盒，顆顆糯米糍，放進雪櫃冰好，取而食之，晶瑩通透，果汁四溢，清甜沁肺，真是夏日佳果。

荔枝雖好吃，但糖分高，多吃易熱氣，所謂「一粒荔枝三把火」，吃多了未必人人受得住。由此想起蘇東坡貶官惠州時寫的那首讚荔枝的詩：「羅浮山下四時春，盧橘楊梅次第新。日啖荔枝三百顆，不辭長作嶺南人。」蘇東坡貪吃聞名於世，到了惠州，夏日荔枝豐收，少不免大快朵頤，所謂「三百顆」是詩人的誇張，但也應該吃得不少，有沒有牙痛便秘不知道，吃得十分痛快是一定的。東坡文才一流，官運不佳，常遭貶謫，最遠貶到海南島，那時候真是天涯海角了。可幸生性豁達，熱愛生活，也會生活，所以到了再不堪的地方都可以發現優點好處，到了黃州發現豬肉好，到了惠州知道荔枝甜，永遠保持樂觀，如果想好好過日子，蘇東坡是個榜樣，學不到他的才情，至少可學他的生活態度。

荔枝要吃新鮮，如白居易的《荔枝圖序》，所述：「若離本枝，一日而色變，二日而香變，三日而味變，四五日外，色香味盡去矣。」這也是產荔枝的地方才可以有這樣的要求，就像我的東莞朋友，荔枝摘下兩天就不吃了。若是離得遠一點，要求就不能這麼高了。有一年在青海省的西寧，飯桌上竟出現了荔枝，皮色都已發黑，但吃在嘴裏，依然覺得甜蜜，因為很有親切感。唐朝楊貴妃喜食荔枝，四川果熟，摘下來馬上八百里加急給長安進貢，「一騎紅塵妃子笑，無人知是荔枝來。」即使如此，不是色變就是香變，說不定味也變了。但貴妃娘娘還是見了眉開眼笑。所以，今天東莞荔熟，明天我們就可吃在嘴裏，這種口福，勝過楊貴妃，應該邊吃邊笑了。

吃鵝一樂

新加坡老友來香港，說起燒鵝，提了幾家老牌名店，我說算了吧，帶你去吃全香港最好吃的燒鵝！

第二天我們去了史丹利街的「一樂」。

知道「一樂」生意好，所以特地避開午飯時間，差不多下午三點鐘才到達，不料店外人龍依舊，其中一大部分是慕名而來的遊客，都在癡癡等吃脆皮燒鵝。我帶來的也是遊客，便讓他們見識一下這般熱鬧，大家都為了一口好燒鵝，吃過就知道這隊排得值不值。

過了一會，有位了，四個人佔了一張小桌子，叫了半隻燒鵝，一份切雞拼燒腩。老友是紅酒藏家，特地帶了一瓶已經醒好的「馬高」，他喝酒講究，什麼酒配什麼形狀的酒杯，所以連酒杯也由家中帶來，小桌子頓時擺滿。須臾燒鵝上桌，夾一塊嚼在嘴裏，皮脆肉鮮，令人心神一蕩，趁齒頰鮮味猶存之際，緩緩喝一口紅酒，鵝鮮酒醇，絲絲入扣，那陣滋味，眉毛都揚了起來。

胃口頓時大開，連忙叫來白飯，淋上燒鵝汁，挑兩塊肥潤的鵝肚置於飯面，鵝肉的油分溶於飯中，愈發鮮美豐腴，眨眼連盡兩碗，酒足飯飽，就這個意思了。

海膽撈飯

日本每個地方都有名物，到了淡路島上，除了洋葱，當地人還會推薦遊客去吃漢堡包。淡路島的漢堡包聞名日本，聽人説得多了，就要去試試。

那漢堡包也不是處處有賣，查一查資料，開車去了在山頭上的「大鳴門橋紀念館」。一到館前，就看見門口有一檔賣漢堡包的，店舖旁豎着廣告幡，日本人擅長宣傳之道，要推廣什麼，都煞有介事，那裏有許多種漢堡包賣，他們自己做了個「人氣榜」，列上排名，我們要買兩個，自然是「第一名」和「第二名」，一問材料，竟然也以洋葱為主，不由笑了出來，到了淡路島上，真的跟洋葱分不開了。不一會兩個漢堡包做好，外面露天座位風太大，拿到室內品嘗。老實説，味道真的很一般，但因為是名物，依然生意滔滔。

正在失望之際，看到紀念館二樓的餐廳廣告，照片上有一鍋金黃色的湯料，旁邊寫着説明是海膽。賣相極其吸引，便走了進去，一看菜牌，特色菜中有兩款海膽，一種整排海膽用紫菜包飯吃。另一種就是拿海膽攪成湯料，然後撈飯吃。我們叫齊兩款，海膽不大，但極為鮮甜，跟白飯一起用紫菜包而食之，鮮美無比。

另一鍋海膽撈飯更不得了，那鍋海膽汁裏也不知用了多少海膽，鍋下點火，鍋中沸騰，將日本米飯用調羹撥一點放進去，然後撈而食之，簡直就是海膽火鍋，水分慢慢蒸發，鍋中海膽漿汁愈來愈濃稠，泡出的飯如裹上黃金一樣耀眼，其鮮美可想而知。

這樣吃海膽還是第一次，比起那著名的漢堡包不知好吃了多少倍，但如果不是因為找那個漢堡包，也不會嘗到如此人間美味，這也就是旅遊的樂趣了。

春卷

星期六傍晚打球，打完球回家吃飯，見菜好，便開了一瓶日本清酒，跟大婆邊吃邊喝邊聊，不知不覺喝多了，有點暈，飯後坐在沙發上發呆，大婆在廚房突然叫我：「來幫幫忙。」

暈乎乎走進廚房，原來她從超市買了春卷皮，又炒了一鍋黃芽白肉絲冬菇餡，正在包上海春卷。春卷包好六七個排在碟子裏，再排第二層的時候要墊一層保鮮紙分隔，叫我幫忙撕保鮮紙備用。我用手一摸那春卷皮，暈乎乎也覺得實在太厚，包出來充其量不過是廣東茶樓裏那種春卷，離上海春卷還有很長距離。

以前在上海要吃春卷，春卷皮都要自己做，先用麵粉調一盆麵漿，那麵漿最講究稀稠得宜，太稀拿不起，太稠攤不開，要一手從盆裏抓得起來，但又不能粘得化不開。調好的麵漿，一把抓起就得不停在手上轉動，然後在爐前燒熱一隻平底鍋，將手上轉動的麵漿迅速放到鍋上，快速一攤一轉，然後又馬上起手離開，平底鍋面就均均勻勻塗上了一層麵漿，不到兩秒鐘就烤成一張極薄的麵皮，這才叫上海春卷皮，這樣的春卷皮包上了黃芽白肉絲冬菇，才算得上上海春卷。

我暈乎乎在廚房裏跟大婆說這上海春卷事，酒後話多，大婆聽出我有嫌棄之意，杏眼圓睜，喝了一句：「一會炸好了你還吃不吃！」

「吃，吃，吃。」我連忙回答，為免再生事，馬上撤退，回到廳裏，坐在沙發上繼續發呆了。

西瓜

夏日炎炎，消暑佳品，最好當然是水果。夏日水果之中，我最喜歡的是西瓜，原因之一是我怕果酸；西瓜最多不甜，但不會酸，酸了就壞了。原因之二，是小時候在上海吃西瓜的回憶。

在我小時候，什麼都缺乏，連西瓜都不能大量供應。有一段時間，要憑醫生證明，證明你發燒超過三十八度，才可以有資格到水果店買一個西瓜。這種事情今天聽起來匪夷所思，可見在那個時候，夏天可以吃到一個西瓜是多麼可貴的事情。

當然也不是每一個夏天都這樣，有時候西瓜還是可以比較容易買到的，但總是要排隊，還限制一人買一個，那也很好了，只是在太陽底下排半天隊買了一個不甜的西瓜，全家人會特別沮喪。

於是又要指望會挑西瓜的人了。會挑西瓜的人會幫西瓜看相，還會用手指彈着西瓜就知道皮薄皮厚，皮薄的瓜總是甜一些。到後來，我也有些這樣的經驗了，挑出來的西瓜基本上都不錯。

那時家裏是沒有冰箱的，想吃冰凍西瓜，就用網兜裝了西瓜，再繫 條繩子，把西瓜吊到弄堂尾一口井裏，夏天井水冰涼，浸上一小時，西瓜也涼了。切開之後，就覺得在吃冰凍西瓜，特別甜。

一個西瓜吃完之後，把西瓜表皮刨下來，再切掉內層，剩下中間嫩綠的西瓜皮，切成塊，用鹽醃一醃，再滴兩滴麻油，就是一碟涼菜。西瓜子洗乾淨後曬乾晾好，儲起來到過年時炒來吃。

刨下的表皮也不扔掉，搗碎之後，誰風火牙疼，就拿來敷在外面，清涼消炎。就這樣，一個西瓜買回家，渾身是寶，渣都不剩。

你說，我怎麼會不喜歡西瓜。

半夜吃飯

半夜看溫布頓網球賽，餓了，想煮碗即食麵吃，不料前兩天吃光了沒有補貨。愈是沒有愈想吃，想的是「出前一丁」的雞蓉麵，煮熟之後不放湯，只加半包料，再加麻油，再加兩匙XO醬，乾拌，好吃得不得了。但是，沒有。

飯鍋裏還剩小半鍋冷飯，飯是用北海道米煮的。日本米的好處是即使涼了，飯依然粘香有味，這也是壽司之所以好吃的原因。日本米煮飯，放得半涼或者乾脆涼了吃都好。

看到這小半鍋飯就想起家裏還有朋友送的雲南腐乳。雲南腐乳香辣軟膩，味鹹而鮮，是腐乳中的上品。在雲南吃火鍋，將雲南腐乳搗爛了當蘸料，食物便特別提味好吃。

平時在家是喝粥時才吃的，這晚則只跟白飯乾吃，米飯雪白，沾上鮮紅香辣的雲南腐乳，鹹鮮滲入其中，嚼在嘴裏，飯香四溢，裹在飯粒上的腐乳滑膩如一層油脂，混以米飯的粘性，如膠似漆，味蕾遇之綻放，怎「好吃」二字了得？

小半鍋飯休矣！

鹹肉

晚飯在家吃，菲傭蒸了一碟上海鹹肉，肥瘦得宜，肉皮透亮，瘦肉部分呈粉紅色，肉真是好肉，只是切片太薄，而且是切了片之後再蒸，吃起來鹹香不減，只是欠了質感，是為美中不足。

蒸鹹肉一定要整塊蒸，蒸好了才切片，這樣肉鮮就被鎖住，不會在蒸的過程中流失。鹹肉片也不要切得太薄，必須稍厚，有嚼勁，這才能吃出真味。好的鹹肉，必須肉色鮮嫩，要粉紅色，若是泛黃了，就說明油膩了，便有「油哈味」，那肉也就廢了。

吃過最好的鹹肉，是外婆自家醃的，大約在農曆新年前一個月，從菜市場買回一大塊新鮮豬肉，肉要選「座臀肉」，也就是豬的「不見天」位置，買回家後用粗鹽、花椒等抹勻，然後放進一個小石缸裏，上蓋石塊，重重壓住。十天半月醃成，到年夜飯時一大塊蒸好了切成大片上桌，這是年夜飯冷盤中我最喜歡的一道，肉色鮮嫩油潤，肉味鹹中帶鮮，瘦處精細，肥處豐腴，那時候一年吃不了幾次大塊肉，所以在這年夜飯中可以一塊塊夾鹹肉當前菜，那種美滿無與倫比。所以我記得外婆醃的鹹肉是最好吃的。

如今若在春季去江南，比如到杭州茶鄉，總會去找一家農家菜，請他們用自家醃的鹹肉，蒸一碟鹹肉春筍，鮮嫩的春筍加上鹹香的鹹肉，筍裏有肉香，肉中有筍鮮，混於嘴裏，滿口江南好時光，久久不忘。

牛油和麵包

在家吃早飯，烤兩塊麵包，加一塊鹹味牛油，烤香的麵包抹上牛油，牛油遇熱而溶，滲透進麵包之中，渾為一體，金黃發亮，包香油潤，足矣。

牛油加麵包，曾經是小時候朝思夢想的食物。老式上海人管牛油叫「白脱」，那是「Butter」的上海話譯音，一說「白脱」，就顯得洋氣，似乎像是見過世面和過過好日子的樣子。因為在我聽說「白脱」的時候，上海人的日子已經很不好過了，不要說「白脱」，就是麵包也不會等閒而食了。

那時候如果能弄到一塊「白脱」，再加上一個麵包，那就是很了不起的事情。了不起的事情總會令人記得的，比如有一天半夜，二舅的一個朋友來訪，進了門，只見他右手一揚，原來是一塊用牛油紙包着的「白脱」，左手一揚，出現了一個精白方包，賓主同時歡呼。接着便隆重其事泡茶（家裏沒有咖啡），取出自製的鐵絲網夾，把麵包切片，用網夾住，開了煤氣爐，調出文火，細細烤麵包，烤得兩面微黃，包香四散，置於瓷碟，放在紅木桌中央，然後仔細切「白脫」，薄薄一片抹在麵包上，看着黃黃的牛油四邊溶化，渲染於麵包表面，泛出滋潤的油亮。桌邊的人都靜了下來，一人手持一塊「白脫麵包」，喜悅而莊重，半夜三更，有一種儀式感，每一口都嚼得小心翼翼，務必將之成為記憶，從舌尖印入腦子。結果真的印入了腦子，記到今天。

那時聽一個在北京做外事工作的世叔說，他有個同事留學蘇聯，娶了個俄羅斯姑娘，帶回北京住了兩年離婚了。離婚的原因很簡單，那俄國姑娘希望每天早飯可以有牛油和麵包，但這麼簡單的要求，她的中國丈夫都滿足不了，她只好回娘家去了。

口味這回事

中國各地口味可分「南甜北鹹，東辣西酸」，不同地方的人有不同的口味，從小吃慣了，總是喜歡。反之，就吃不慣了。

這天大婆在家裏做北京炸醬麵，用北京名醬園「六必居」的黃醬，加蒜末、肥瘦肉丁熱炒而成，色澤深褐，拌出一碗麵黑乎乎的，賣相不佳，但醬香撲鼻，味道醇厚，吃的時候偶爾嚼到一顆肥肉丁，豐腴在鹹香中溢出，直奔腦際，頓時湧出幸福感來。吃炸醬麵最好配生黃瓜，一般會將黃瓜切成細絲，但我則喜歡整條用手抓着，一口鹹香熱麵一口清涼黃瓜交替而食，最是過癮。

吃麵的時候說起另一個北京朋友，她老公是廣東人，結婚許多年，至今吃不慣炸醬麵，從來沒覺得這麵有什麼好吃。當年王菲和竇唯離婚，香港娛記去北京追蹤竇唯，發現他天天去麵館吃炸醬麵，於是得出結論是離婚之後，竇唯經濟拮据，只能吃炸醬麵度日。香港的娛記小朋友不知道的是北京人就好這一口，可以天天炸醬麵，跟有錢沒錢一點關係都沒有。這就像有一次我請一班四川人在香港吃海鮮，白灼蝦、清蒸魚，一桌人吃得愁眉苦臉。我馬上叫伙計一人送一碟醬油泡指天椒，這幾位瀘州來客才歡快起來。

有一次去北京拍飲食節目，拍到炸醬麵，去了「海碗居老北京炸醬麵」。炸醬一端上來，聞到那一陣醬香，我就跟攝影師説拍的時候不要停機，結果我一鏡過吃掉一海碗炸醬麵，痛快淋漓，滿頭大汗。後來許多好這一口的朋友在電視裏看到，口水馬上流了出來。

這晚北方味兒

這天想吃些北方食物，打開冰箱，裏面有北京「天福號」的醬肘子、醬豬肝和蒜腸，還有哈爾濱紅腸，還有急凍薄麵餅，這就可以吃一頓北方風味的晚飯了。

先是把肘子、豬肝、蒜腸、紅腸切上一碟，中國北方的 Cold Cut，不用準備紅酒，也不費功夫去找什麼「二鍋頭」，有一瓶冰凍啤酒就可以了。江南江北都有熟食，但口味差別很大，南甜北鹹，各有特色，如想一頓飯味道純正些，那就分清壁壘，專注些，不使味蕾分心。

慢慢喝酒吃冷盤，滋滋味味，跟大婆說些家常閒話，說出來的話自自然然都帶京腔了。當然還可以再弄幾個簡單的涼菜，比如切一碟皮蛋，做個涼拌「高碑店豆腐絲」之類，但兩個人，吃不了了。將薄餅在平底鍋裏烘了，炒一碟汁水略豐的綠豆芽，再切些帶肥肉的醬肘子，跟醬豬肝、蒜腸一起，滿滿夾在燙手的薄餅之中，捲着吃，這就是北方的春餅。麵香肉香，一層層在口中溢出，乾爽中帶着油潤，帶着綠豆芽的清鮮。

這個薄餅如果不用綠豆芽，改用蔥花炒雞蛋，跟醬肘子夾在餅裏也很好吃。在電影《春桃》裏，姜文跟劉曉慶那一天遇到了高興事，姜文很期待地跟劉曉慶說，今天吃雞蛋烙餅吧！這是多大一件事呀，連看戲的人聽了都好像會流出口水來。他們的餅裏要是再夾幾塊「天福號」的醬肘子，那還了得！

人生

臭豆腐與大閘蟹

周末跟女兒喝咖啡聊天，說中國文化，她問我，什麼叫「儒商」。

我告訴她，「儒商」就是喜歡讀書的生意人，一邊賺錢，一邊讀書，既喜歡書香，也不怕銅臭。你說他孜孜鑽營滿身銅臭，但人家抖抖衣服，竟也隱隱透出書香。書香銅臭共冶一爐，兩不誤。這說起來就好像臭豆腐，聞起來臭，吃起來香，很奇異的特質，比渾身銅臭的生意人和一身酸腐的讀書人都要強，所以得人讚賞。

女兒不識「儒商」，但知道臭豆腐，聽我這麼說一說，馬上心領神會，以後見到一塊臭豆腐一樣的生意人，就知道遇到「儒商」了。

我跟女兒說，除了「儒商」，還有「儒將」。行伍打仗老粗多，若是有一個帶兵的，一邊殺人，一邊讀書，既喜歡書香，也不怕血腥。比之「儒商」，矛盾反差更大，一邊又以「保家衛國」為名，那一國的人便將之稱為「儒將」，以示讚賞，以為他讀過聖賢書，不會殺錯人。

女兒說，如果「儒商」是臭豆腐，「儒將」又是什麼呢？我略一沉思，回答：清蒸大閘蟹。外表橫行霸道，其實鰲封嫩玉，殼凸紅脂，碰到個林黛玉、小鳳仙之類，也就是盤中餐了。

女兒大樂，滿意收貨。

年年合作愉快

結婚四十周年了，朋友問會不會搞個慶祝派對，我說不會。結婚是自己的事，自己高興就是，最好不要打擾別人。若大張旗鼓，或許擾了人都不自知。

朋友認為四十年婚姻是一段很長的時間，應該慶祝一下。我說要慶祝不在時間長短，只要高興隨時都可以慶祝。若認為一段婚姻維持到一個時段就特別應該慶祝一下，這倒顯得裏面包括了「不容易」的意思，若真如此，「好不容易」捱到了四十周年，其實也沒什麼值得慶祝了。所以四十年也好，五十年也罷，都不過是「另外一年」，若高興，年年都一樣高興。

夫婦相處之道，其實與其他人相處的道理一樣，首要自然自在，要合得來。可以相處下去的夫婦，總有合得來的理由。合得來，才可以長期合作。是的，夫妻相處就是合作，合作愉快，才得以長期維持。反之，勉強無幸福，不如快刀斬亂麻。

要想合作愉快，除了意趣相投，也要講信譽，答應的事一定做到，做不到的事情不胡亂答應，這樣便有所得，少失望，偶有意外驚喜。年復一年，有喜同樂，有關共渡，保持情趣，保持幽默，如友相待。如此待得下去，管他陰晴圓缺，也不在乎多少年。所以在三月八號這天，我依然像往年這一天一樣，跟我家大婆說：合作愉快！

查先生的白皮書

查先生的書架上有不少很奇特的書，這些書很舊，歲月久遠，外面由查先生用包書紙包好，然後用毛筆在正面和書脊上寫上書名。再後來，有些書的封面壞了，查先生要明報出版社的同事特地做了白色的封面和封底，紙質與舊版金庸小說的封皮類似，前後包實，如重新裝訂，還是由他用毛筆在封面和書脊寫上書名。他辦公室的書架上就有不少這類「白皮書」，白色的書脊朝外，上面都是查先生手書的書名。

查先生看書有個習慣，遇到書太厚，為了閱讀輕鬆些，他會把書拆開來看，看完了再把書重新粘合起來，用牛皮紙將書包上，有些「白皮書」便由此產生。從中可見他對書的鍾愛，也看到了他的讀書習慣，很是有趣。

我珍藏了兩本查先生的「白皮書」，一本是拉馬丁的《葛萊齊拉》（Graziella）中譯本，台灣新興書局一九五五年初版。一本是珍奧斯汀的《諾桑覺寺》（Northanger Abbey）中譯本，上海新文藝出版社一九五八年出版。這兩本書原本的封面都在，但因為殘舊了，查先生讓書穿了一件「外套」，將書包起來，多了一層封面和封底，再用毛筆寫上書名，並在內頁蓋上「金庸查氏藏書」之印，看來特別珍愛。

翻看這兩本書的時候，會想到幾十年前查先生看着同一本書，不知感受是否相同，這種感覺很奇妙，也很親切。《諾桑覺寺》是半簡體字版——一九五八年大陸文字尚未完全簡化，出版的書以簡體字為主，但還是摻雜了一些繁體字——本來封面印的是簡體字，但變了查先生的「白皮書」之後，他寫上了繁體字的書名，這就更加有意思了。

偏見

跟新認識的朋友聊天，她問我對人對事會不會有偏見，我說一定有。

所謂「偏見」，不過是對人對事的一種看法，加了一個「偏」字，就好像這種看法有失公正，就不好了。但是要知道，對人對事的每一種看法都是有其原因的，既然有原因，就不能隨便說人家是偏見。中國甘肅有個地方叫天水，天水人說本地話，把外來的普通話叫「偏話」，那個意思就是他們說的才是「正話」。由此可見，何為「正」，何為「偏」，要看是從誰的本位出發，許多整天批評說別人有偏見的人，本身可能就是一種偏見。

人都自以為是，總有覺得自己正確的時候，如果這時候你的意見跟他相反，他就覺得你偏了，你的意見，就成了偏見。強調凡事要「政治正確」的人，最喜歡指責人家有偏見，動不動就說你歧視這個歧視那個，那可能已到了妄顧事實甚至扭曲歷史的地步，偏得一塌糊塗了，但他還是覺得自己是正確的。

偏見當然也涉及個人喜惡，這也是人之常情，誰沒有點喜歡的和不喜歡的人和事呢？所以必然會有偏見。就像看球賽，有的時候是為了看到誰贏，有的時候是為了看到誰輸，有時候看到不喜歡的人輸了甚至比看到喜歡的人贏了還要高興。這就是偏見，也是人之常情，人人都有的。

所以，人有偏見不足為奇，明白了這一點，就不會胡亂指責別人有偏見，而是先了解一下那個所謂偏見的原因，看看偏得有沒有道理。許多所謂的偏見就跟歧視一樣，是有道理的。

要對得起自己

聊天的時候，朋友說我日子好過。

這一點我倒是不否認的。若論日子好過，除了別人感覺，自己也要知道。自己知道自己日子好過，做人才會知足，不然就不知好歹了。

日子是不是好過當然是不同的人有不同的標準和認知，但心態則是相同的。覺得自己好過的人，心態是一樣的。反之，覺得自己沒法過好日子的人，心態也類似。這就像有一句話說的那樣，除了疾病，你身體上的痛苦，絕大部分來自你的心態。

關於如何可以令自己日子好過，我的理解是，只要沒有對不起別人，就一定不要對不起自己。張小嫻有一本書叫作《後來我學會了愛自己》，大抵就是這個意思。這個「後來」，就是覺悟。但是愛自己，盡量不要「後來」，應該覺悟得愈早愈好。

不要對不起自己，就是若非因為謀生糊口，自己討厭的人盡量不理，自己討厭的事盡量不做。只對值得對他好的人好，做自己喜歡做的事。凡事不勉強，不勉強便不會對不起自己。這是一種境界，雖然跟經濟條件有些關係，但也不是絕對有關係。比如一些身家以億計甚至以百億計的人，日子本該無憂，但所作所為總有勉強之處，仍有陪笑巴結的尷尬。如此做人，有錢也未必有對得起自己的好日子。

想通了這一點，便不會愚忠不會愚孝，不會愚蠢受累於各種荒謬的論調和口號。凡事只要沒有對不起人，就應該馬上想到要對得起自己。如此就少了許多無謂煩惱，日子便比想不通的人好過。都說自私自利不好，但只要不妨礙別人，自私自利有什麼不好！

洗衣服

衣服常洗，洗久了褪色，愈洗愈白。什麼顏色的衣服是洗不白的呢？白色的衣服。白色的衣服洗久了，或變黃，或變灰，就是不白了。

白色的衣服洗不白，聽起來像悖論，但是事實。

香港曾經有些議員在挑人家毛病的時候，總要來一句「應該比白更白」，他們說這話的時候正氣凜然但不顧邏輯，因為白就是白，沒有什麼更白。一件事情如果是白的，那白就好了，若還要「更白」，則一定是要做點什麼手腳了。

這些開口就強調凡事要做得「比白更白」的人，拾的是英語 Whiter than white 的牙慧，以為如此說就佔領了道德高地，高人一等了。卻不料過分強調清白的人，總是啟人疑竇的。後來這些人也原形畢露了。

許多以為不會變色的事情，後來都變了色，道理便是如此。時光和環境就是一架洗衣機，當「本色」這件衣服在這架洗衣機裏滾久了，少不得要褪去些顏色。再說，所謂「本色」也常常是自以為是的東西，這種以為，往往是受到某種風氣的影響而建立起來的，並非與生俱來。人身上比「本色」更早產生的東西，叫「童真」。大多數人的童真在長大之後就消失了，挽也挽不住。退而求其次，只好強調後來添加的「本色」了。因此依然保持童真的人就令人羨慕了。

然而「本色」未必就是好看的顏色，有的反而有礙觀瞻。倒是經過洗磨之後，該留的留，該褪的褪，可能更加漂亮耐看，這便是進步。人生在世，可以為自己找到一種匹配的漂亮顏色，就夠了。

器官在文學中

朋友之中有好幾個「無膽匪類」——因為膽結石做了膽囊切除手術。醫生朋友跟我說，吃得太好是膽結石的成因，但如果斷食不吃，也會生膽石。可見膽很難服侍，萬一不妥，乾脆割掉，一了百了。廣東話的「攞膽」是形容事情嚴重，但今時今日，大概實在是日子好過——吃得太好固然是日子好過，養生斷食，還是因為日子好過——膽中有石者漸多，被「攞膽」也稀鬆平常了。那些無膽之友，起初還戰戰兢兢，清淡飲食，少沾油膩。但時日一久，身體適應了無膽狀況，油膩無礙，便又跟有膽之人一起大吃大喝了。

由此可見，膽真是可有可無，它的文學地位比器官地位強得多。

其實膽的鄰居肝才是真正重要的器官，但在文學上，肝很少獨當一面，提到肝，則總和膽結伴同行，比如「肝膽相照」、「忠肝義膽」。肝好像只要跟膽一分開就不太好了，比如碰到腸，就變成「肝腸寸斷」，悲慘極了。與之相比，腸反而可以獨當一面，「古道熱腸」、「盪氣迴腸」，雖然有點肚脹，但可歌可泣。

人體器官在文學上地位最最重要的，一定是心。心一出馬，什麼器官都要靠邊站，連總司令大腦都要讓位。即使人人都知道事情都是腦子想的，但就是要說「心想」。腦子裏喜歡一個人，變成了「心生愛意」，腦子裏有了怨氣，也變成了「心生不忿」。同樣是發熱，心熱人人讚好，腦熱，人人罵你「熱昏了頭」！一個人沒有腦子不過是糊塗，但如果被人說「無心」，那幾乎就像做了壞事。雖然百分之九十九的人都沒有親眼見過人的心，但都堅定不移相信人心，並堅持只要跟一個人相處時間長了，就可以看透他的心，所謂「日久見人心」。於是把一個人的品德也跟心連了起來，加一個「良」字，變成「良心」，以此來判斷好人和壞人。這也是人生至關重要的事情，大如天地，「天地良心」。

由此，心也就由一個器官變成了一種信仰，一個人好不好，五臟六腑，只關心的事。五臟六腑之中，可以跟心相提並論的，大概只有肝，「心肝寶貝」。除此之外，都是普通勞工。

精明終被精明誤

周末跟女兒喝咖啡聊天。天南地北，無所不談。後來不知怎地說到做人聰明不聰明上去了。女兒問「聰明反被聰明誤」這句話有沒有道理？我說聰明不會誤人，精明才會。被誤的人，以為自己聰明，其實不過是精明計算而已，精明計算過了頭，就被誤了。所以這句話，應該叫「精明反被精明誤」才對。

聰明和精明雖一字之差，但層次和境界則有巨大分別，不可混為一談。精明是自以為是的，聰明是渾然天成的，精明的人必以他的精明而沾沾自喜，聰明的人則知道一切適可而止。精明人必計算，聰明人則明白計算多了人生太累，不計算日子過得更踏實。比如對待財富，精明者常追求財富的數量，聰明者則是知道財富的用處。不知用處便不知多少才夠用。一條命便無止境拼下去。知用處便知多少已足夠，人也因此從容。精明的人攻於計算，擅於投機；聰明的人順應自然，量力而行。所以精明人一定比聰明人辛苦，人緣也往往比聰明人差，失道寡助，欲速而不達，什麼都不想失，卻常常得不償失，一鋪清袋。

聰明天長地久，精明只計一時，所以許多精明者初時得志，慢慢則露餡顯蠢，令不知就裏的人吃驚，卻不知道精明不等於聰明，必有愚蠢打底，待表面上的精明撐不住了，蠢底就露了出來。精明的人蠢起來，比蠢人更無藥可救，於是成也精明，敗也精明，精明終被精明誤。

幽默

聊天說幽默，想起有一年在廈門鼓浪嶼，遊客洶湧如潮，導遊們的大喇叭吵得拆天。只聽一個大喇叭裏傳來吼聲：「你們知道林語堂嗎？他就是鼓浪嶼人，幽默這個名詞就是他發明的！」一聲振屋瓦，那一團戴着小紅帽的遊客眼神茫然，四處張望，好像這個叫林語堂的鼓浪嶼名人會在身邊突然出現一樣。

林語堂把「幽默」這個詞帶來了中國，生怕同胞們不懂幽默的益處，還特別強調：「沒有幽默滋潤的國民，其文化必日趨虛偽，生活必日趨欺詐，思想必日趨迂腐，文學必日趨乾枯，而人的心靈必日趨頑固。」苦口婆心。成效如何，有目共睹。

幽默感這樣東西，一是生於性格，一是感染於環境，若是在一個幽默的環境之中生活，既使天性不幽默的人，也會因為耳濡目染潛移默化而變得有些幽默感，或者起碼不會排斥幽默，即使自己不大幽默，也會欣賞別人的幽默。

一個人有沒有幽默感，只要看他會不會自嘲，會得自嘲的人，多少有點幽默感，反之，永遠覺得自己偉大光榮正確而容不得半點批評的人，幽默感肯定缺貨。

有幽默感的人，是真正有力量的。沒有幽默感的人，則往往擁有一顆玻璃心。以此類推，一個容得下幽默感的民族，不怕開玩笑，勇於自嘲，文化真實，生活多彩，思想活躍，文學滋潤，語言生動，人心開放，那才是真正強大的民族。這也是「鼓浪嶼那個林語堂」的夢想。

男人的西遊記

網上有人寫：「人到中年就是一部西遊記，悟空之壓力，八戒之身材，老沙之髮型，唐僧之猶豫，還離西天愈來愈近。」形容得很形象，尤其是男人。

男人到了中年，生活壓力必大，就像孫悟空那樣肩負着取經重任，團隊（也就是家庭）中有什麼事都要靠他解決，出了什麼差錯也由他負責。中年發福，身材走樣，肉鬆肚脹，愈來愈像貪嘴的豬八戒。髮際線開始後移，地中海開始出現，頭型跟沙和尚愈來愈近。於是在照鏡子的時候就看到一個豬八戒和沙和尚的混合體。人前嘴硬不認，但心裏明白，少不得沮喪，自信大受打擊，於是做人便如書裏的唐三藏，前怕狼後怕虎，嚕嚕嗦嗦，進退失據，不要說別人見了不耐煩，自己都不耐煩。

這便是「中年危機」了。西醫解釋男人「中年危機」的原因，在於男性荷爾蒙的流失，本身反應減慢、性能力減退，見到生龍活虎的年輕人，既可以在他們身上看到昔日的自己，又嘆息時不我待，力有不逮。由此焦慮起來，隱隱然覺得危機四伏，心緒便不寧了。

有說《西遊記》裏的人物設計，只是將唐僧分身而已。孫悟空代表他的精神，豬八戒代表他的慾望，沙和尚代表他的體力。將三個徒弟合起來，就是一個完整的師父。若是照這樣的思路，那麼「人到中年就像一部西遊記」這個說法也站得住腳，人人都是唐僧，人人身上都分得出孫悟空、豬八戒和沙和尚。年輕時精神奕奕，可以大鬧天宮，膽敢調戲嫦娥，會得翻江倒海。只是年歲一長，遇到的妖魔鬼怪愈來愈多，管你的如來、觀音也不勝其煩，歲月蹉跎，不覺已到中年，心智漸疲，體力漸弱，荷爾蒙減退，《西遊記》演完自由自在的前半部，正式開始往西走，人算不如天算，這滋味，呵呵，過來人都知道，蜘蛛精要體諒。

榮譽和體面

這日聊天說到榮譽，我說年輕的時候尚會注重榮譽，但隨着年紀增長，對榮譽之事看得愈來愈淡，注重的，是體面。

榮譽和體面，前者常常是一時之盛，後者才是一世的修為。追求榮譽不是不好，但有時太過着意了反而不美，有的人求榮譽心切，往往還會不擇手段，許多弄虛作假的事情也由此而生，以致名譽得主後來身敗名裂。

跟名譽相比，保持體面是更高層次的追求。榮譽有時是虛的，但體面則實實在在。榮譽有時要爭要奪，體面相反，最要緊從容不迫，細水長流，一如既往。榮譽如果是人家給的還好，若是自己追求，控制不住就會有急相，一個人一旦有了急相，就不體面了。所以注重體面的人，是不許讓自己有急相的。因此體面不體面攸關氣度，跟身分財富沒有直接的關係，許多億萬富豪之所以令人覺得沒有貴氣，就是因為他們不知道什麼叫體面。

想做一個體面的人，先要內心體面起來，若是只裝於表面，總有一天會露出馬腳顯出急相，便不體面了。這當然也有生活環境的影響，只有在一個注重體面的環境之中，人才可以要求自己體面，如果是一個窮兇極惡為主流的社會，講究體面的人也活不下去了。所以我們要珍惜生活在香港這樣一個還可以令人體面過日子的地方，不需要榮譽，不需要光環，只要你活得體面，照樣有人欣賞，得人尊重。

寂寞

馬奎斯的小說《百年孤寂》中有一段很有趣的情節：老邦迪亞有一天在家裏看到了仇人阿奎拉的鬼魂。在年輕的時候，老邦迪亞和阿奎拉是鬥雞的對手，一次鬥完雞之後阿奎拉因為出言不遜被老邦迪亞殺了。之後老邦迪亞就帶着幾個村民離開了故鄉，爬山涉水，在很遠的地方自己建了一個村子。

許多年過去了，做了鬼的阿奎拉感到寂寞，想起了老邦迪亞，想跟他聊天。他一路打聽老邦迪亞的地址，但因為他是鬼，所以也只能跟一路上遇到的鬼打聽，但是老邦迪亞的村子裏還沒有死過人，所以沒有鬼可以跟阿奎拉報信。直到一個他認識的吉普賽人在那個村子裏死了，阿奎拉才找到了老邦迪亞的家，人鬼相見，已無怨仇，只是兩個老熟人互道別來之情。

故事天馬行空說成這樣是很精彩的。不但人怕寂寞，連鬼都怕寂寞。

三十多年前，一個很紅的明星跟我說，她夜夜笙歌，派對不斷。但派對結束之後，當她回到位於尖沙嘴海旁的服務公寓，獨自一人坐在床沿，面對着維多利亞港璀燦的夜景，眼淚就流了下來。因為寂寞。

寂寞是在心裏的，不管身邊多熱鬧，心中寂寞，是再熱鬧也排解不了的。熱鬧是身外物，寂寞是私藏品。人若想不怕寂寞，唯有直面寂寞，而後才能靠自己找到排解的辦法。阿奎拉的辦法是找到了可以傾訴的老邦迪亞，了卻了恩怨。那個女明星後來嫁了人，不知她是從此不寂寞了，還是更寂寞。

傻瓜相機

跟朋友一起在網上看老照片，記得當時情景，但忘了是哪一年，起初還努力回憶，結果放大照片，見到照片右下角印着拍照日期，腦子裏頓時跳出四個字：「傻瓜相機」。

從前的照相機拍的照片都不帶日子，直至「傻瓜相機」出現。「傻瓜相機」就是全自動相機，拍照的人取好了景之後，只管按下快門就是。比起以前拍照又要調光圈又要調速度方便多了。從那個時候起，攝影再不是那班有攝影技術的人的專利了，攝影可以不動腦子了，那就是傻瓜都可以拍照了。所以好好的相機也「傻瓜」起來。

「傻瓜相機」的自動化項目中，有一項就是在菲林上記錄拍攝日期，日期打在菲林一角，曬出來的照片上就顯示出拍照日期。如此一來，無意中記下了線索，想不起來的時候是個提醒，要破案也有蛛絲馬跡。「傻瓜相機」一出，大大增加了相機的銷量，出外旅行者人手一部，款式和功能也愈來愈多，令人常常更換，情形有點像今天換手機一樣，很是熱鬧。本來以為照相機出到「傻瓜相機」已是攝影普及的頂峰，不料轉頭又迎來了數碼攝影時代，照相機竟然還會給本來風馬牛不相及的電話搶去生計。

從以前憑經驗調校光圈速度甚至估算焦距的年代開始，一路看着照相機發展到今天，從暗房沖曬到坐在電腦前調校照片，如此見證也是人生幸事。到今天，用過「傻瓜相機」的人，都算前輩了。

智取雌老虎

上海一個男人爬上屋頂，揚言跳樓，驚動四鄰，都來圍觀，警察也來了，電視新聞鏡頭當然也來了。那男人站在屋頂上，說喜歡攝影，想要配個鏡頭，但老婆死活不給，沒辦法，只好跳樓。周圍看熱鬧的人愈來愈多，眾說紛紜，但總算文明，沒有人大聲鼓勵他以死明志，男人繼續站在屋頂上，欲跳不跳，終於他老婆招架不住，站在樓下喊話：「作死呀儂！好了呀，我答應儂了呀，快點死下來！」

男人如願，爬了下來，結束一幕人間喜劇。

人生如戲，該演則演。上海男人特別尊重老婆，經濟大權多數旁落，就像大鬧屋頂這一位，想添置些什麼就要做伸手牌，伸了手也拿不到就要運用心思，爬上屋頂佯裝跳樓也算奇招突起，可以迅速引來左鄰右舍三姑六婆，給老婆構成群眾壓力，如無意外，老婆一定就範，於是得其所哉，達到經濟目的。

這事你也怪不得那個女人不講道理，對於喜歡攝影的男人，相機猶如小老婆，鑽研把弄常常廢寢忘食，要是大老婆不好此道，必然有受冷落之感，心中有氣，便好似被第三者入侵一樣。眼見男人整天帶着小老婆起早摸黑，從日出玩到月出，不吃醋發威就不叫雌老虎了。雌老虎都是家裏的頂梁柱，只能智取不能硬撞，硬撞房就塌了。如何可在強權之下爭取利益最大化，上海這個男人做了很好的示範，他用實際行動證明女人一哭二鬧三上吊的年代已經一去不復返，現在輪到男人上場了。

就怕你不苦

這天上網看到一個中國老作家教育年輕人，說要「吃得苦中苦，方為人上人。」把這件事情發到網上的人，必定是推崇老作家這番苦心的，只是中國諺語有許多都經不起邏輯推敲，如果盲目相信，隨時誤人一生。

「吃得苦中苦」，看起來一定苦得一塌糊塗，苦得別人都怕，那到底有多苦呢？卻又沒有一個分量標準，基本上就是由吃苦的人來定。但是，人人耐苦的程度又不同，你覺得苦得不得了了，換個人又可能覺得沒那麼苦，你以為在吃苦中苦了，人家卻只覺得是一般苦，那你這個要做「人上人」的願望大概就一廂情願了，苦也可能白吃了。

與此同理，一個人要達到如何的事業地位，或者過上什麼樣的富貴日子，才算「人上人」？這是沒有標準的事情。或者可以說，每一個階層都有「人上人」，但一個階層的「人上人」跟另一個階層的「人上人」相比，隨時又會是「人下人」。這個

「人下人」之前不是也以為吃過「苦中苦」嗎？他吃了苦中苦，在小圈子裏變了人上人，但出了圈子，走到外面，卻變了人下人，若是他相信「吃得苦中苦方為人上人」這句「真理」，便會以為之前吃的都不算苦，甚至只是假苦，雄心壯志又來了，那不又要去找「苦中苦」來吃了？如此一輩子往上攀比，發誓要做人上人，到頭來人上人沒做成，苦頭吃足一輩子。

年輕人應該鼓勵，但鼓勵人要講邏輯講常識，離開了邏輯和常識，就只剩愚昧和功利。做人最重要的是自我進步，而非與人攀比，「人上人」則是與人攀比，自己好了不罷休，還一定要比別人好，要坐到別人頭上去。存此心者，一輩子不會知足，一輩子努力吃苦，一輩子沒好日子過。諺語誤蒼生，便是如此。

勞動只為不勞動

五一勞動節，許多人在會網上說一句套話，叫作「勞動最光榮」。

發明「勞動最光榮」這句話的人，肯定是希望大家都去勞動的人，但是希望大家都去勞動的人，卻未必就是自己會去勞動的人。這就像那些要求人這樣要求人那樣的人從未要求自己這樣那樣一樣，發明口號的人，一般都做不到甚至根本不去做口號喊出來的內容。這就是絕大多數口號都經不起邏輯推敲的原因。

勞動跟光榮本來是沒有關係的，人之所以要勞動，最大的原因是為了謀生而非什麼光榮。五一勞動節放假，就是勞動者享受權益，在這一天，可以躺平，不用再勞動。你說勞動最光榮，我說不勞動最舒服。如果勞動節不給放假，那些信口就說「勞動最光榮」的人，十之八九會翻臉。這時候「光榮」就一錢不值了。

人之所以要勞動，其實是為了有一天不用再勞動。這就是勞動的動力和期待得到的成果。在這一點上，一個普通勞動者跟一個銀行大班的目標基本上是一致的。勞動是辛勤的，廣義而言，任何人都勞動過，不管用的是體力還是腦力。然而一旦把勞動和光榮扯上關係，還要「最光榮」，事情的性質就變得騙案化了，並且還強烈暗示不勞動的人特別不光彩，若信以為真，那就連喘口氣的機會都給剝奪了。

吊詭的是，在「勞動最光榮」喊的最起勁的地方，當一個人到了做不動的時候，又會敲鑼打鼓祝賀他「光榮退休」。這個人不用再勞動了，但又「光榮」了。那到底是勞動光榮還是不勞動光榮呢？可見要你賣力是這個叫「光榮」的傢伙，叫你滾蛋也是這個傢伙。當然最不是東西的，是拿這個傢伙來把你哄得團團轉的傢伙。

崇拜

每當聽人說「我特別崇拜XXX」的話，我就會說，那是因為你不認識他。如果認識了，可能就不崇拜了。

許多人崇拜偶像，是因為沒有貼身接觸過，見到的都是那人光輝耀眼的一面。但人是立體的，不可能只有你看到的一面。在這一面之外，還有你看不到的另一面。這倒不是說另一面一定不好，而是跟你看到的光輝耀眼的一面比起來，那一面一點都不光輝耀眼，這就將那人切割開來，形成反差。雖然這樣令他立體得更像一個人，卻會令崇拜他的人失望，因為崇拜他的人永遠希望他是神，而不是人。

是人就跟自己拉在一條水平線上去了，那還怎麼崇拜呢？

這也是為什麼許多被崇拜得一塌糊塗的人，在自己最親近的人如配偶子女的眼裏卻一塌糊塗的道理。因為在他們的眼裏，自己只是一個並不特別的普通人，也有缺點和不堪。當這種親人的不屑甚至糾紛傳出去之後，外面的崇拜者心都碎了。「英雄見慣亦常人」，就是因為「見慣」，近距離接觸，看清看楚，崇拜的心便淡了。

可見，人與人之間，不用崇拜，尊重足矣。崇拜盲目，尊重理智，一個人可以受人尊重，已經非常了不起了。若是被崇拜，結果說不定狗血淋頭。

貧窮不限制想像

這天有人跟我說，貧窮限制了想像。這句話經常被人拿來說事，說得多了，好像真是一回事了，於是鸚鵡學舌者眾。

貧窮真的會限制想像嗎？也不一定。或者可以說，在貧窮的時候，想像力會比富裕的時候更加豐富。這就像一個餓漢對食物的想像，肯定比飽漢豐富，而飽漢因為不餓，腦子裏反而空空如也。

五十年前，我在上海讀中學，時值「文革」，學生不用正經讀書，反而隔幾個月就要下鄉勞動。一群中學生到了農村，下田瞎幫忙，最開心就是收工吃飯的時候，一人一個鋁飯盒，飯盒中三分之二白飯，三分之一青菜，頓頓如此。大家捧着飯盒坐在河邊吃飯，嘴裏嚼着青菜，腦子裏全是肉。不知是誰開了個頭，說起紅燒肉怎麼做才好吃，於是七嘴八舌爭論起來，從肉的肥瘦說到烹飪方法，五花八門，愈說愈神。話題扯開，菜式也多了，從冷盤到熱菜，雞鴨魚肉，一樣一樣數，思緒飛翔，可以數出幾桌大菜，誰説貧窮限制想像！

推而廣之，多少成功的結果，都是源於貧窮時的想像。便像一張紙，貧窮時是空的，可以任意發揮想像，任意繪畫。富裕時則已畫滿，再想畫什麼，想像力差一點就畫不出來了。可見有沒有想像力，跟貧富無關，因人而異。限制想像力的不是你的財產，而是你自己。

圈子

交朋友，有朋友圈。所謂朋友圈，就是合得來的人。合得來最要緊當然是性格相近意氣相投，還有就是做同樣的行業，或者有同樣愛好，或有利益相濟，由此形成各種不同的朋友圈。

有的人只在一個圈子裏交朋友，有的人則會越圈，交遊廣闊。前者是環境所致，生活局限在一個圈子裏，交友也不出圈子，大家有共同的語言，這種語言圈外人要麼不熟悉，要麼沒興趣，圈內人走不出去，圈外人走不進來。至於交遊廣闊者，則跟許多圈子的人都搭得上嘴說得上話，朋友不限於某個圈子，而是如水中漣漪，一個圈一個圈互相關聯交集，在哪個圈裏都如魚得水。

這也全憑個人性格所致，有人愛吃，有人愛運動，有人愛旅行，有人愛時尚，有人愛搞藝術，有人愛搞政治，諸如此類，人以群分，分出各種各樣的朋友圈，圈有專攻，隔圈者可能連話都接不上。但興趣廣泛者則沒有這種限制。不同圈的人，做的事情倒是相似的，有的人分享美好，有的人分享情感，有的人分享情報，有的人在圈內抱爐取暖，有的人在圈內尋覓是非。圈子就是一群人形成的一個小社會，可在此中見各種人性。圈子不複雜，人複雜。

有的人會指責人家搞「小圈子」，那多數是因為他進不去那個圈子。其實圈子好不好不在大小，有的圈子搞着搞着變成了「組織」，那才變了味道。

這天跟朋友聊天說起這些，他說我朋友那麼多，跟不同圈子都有交往，最喜歡哪一個圈子？我說我最喜歡紅燒圈子，若配草頭，就是草頭圈子，上海本幫名菜，濃油赤醬，什麼時候念起都想咬一口。

把貓當人畫

朋友問我，你沒有養過貓，為什麼卻經常畫貓。我説因為貓像人，但樣子比人有趣。

你幾乎可以在貓的身上看到人的所有動靜，喜怒哀樂齊全。還可以看到人的各種性格，特別是當貓好奇起來，牠的神態和動作，跟一個好奇的人一樣，只是人有時為了種種原因，會掩飾一下假正經一下，但貓則純真表露，好奇就好奇，直接了當，比人可愛。

在狗的身上雖然也可以看到人，但狗沒有貓精，性格也比貓隨和，有憨狗而無憨貓，對應人類，貓的表現更相似。貓跟人一樣，所有人的行為，換上一個貓樣，都行

得通。所以我想畫人的時候，就畫貓，喜怒哀樂，吃喝玩樂，畫到貓身上都適合，尤其是女人。許多女人跟貓太像了。

生物總有共通點，在人的身上，叫作人性，在動物身上，叫獸性，但一通起來，人有獸性，動物有人性，見到了，你就覺得特別有共鳴，其實都是天性，無所謂誰比誰高級，也無所謂誰誰誰禽獸不如，在天性上，人和禽獸有許多相似之處，因此有時候說某人「禽獸不如」，似乎還侮辱了禽獸。若是禽獸通人語，或許也會罵同類「還不如人」。

所以動物紀錄片永遠受歡迎，我們在看動物世界的時候，總會聯想到自己的世界，有弱肉強食，也有溫情洋溢。想到人生的複雜，常常會羨慕動物世界的純真。於是又有了那麼多好看的動物卡通片，動物卡通片就是把人的事情放到動物身上去說，看動物就如看人，活靈活現。

誰說浮萍沒有根

這天朋友閒聊，不知怎麼說起人生的根。有個朋友強調人生必須有根，要像大樹，不似浮萍。我告訴他，浮萍也有根的。他一愣，說沒想過浮萍也有根。

浮萍的根就在萍葉之下，細細生長。人們見浮萍隨波漂泊，便說它無根，其實那不過是人的見識而已，人家的根生得好好的，也活得好好的。

強調紮根的人，都拿大樹來比喻，說人生要像大樹那樣紮根，不要像浮萍那樣漂泊。但沒想過，樹有根，萍也有根，樹根紮在土裏，萍根紮在水中，樹在水裏未必活得下去，萍要是紮在土中也沒生路，大家活法不同而已。

放在人生，有的人喜歡長駐，有的人喜歡轉變環境，這也是大家活法不同，沒得說誰比誰活得好，更沒得說誰有根誰沒有根。若是硬要主觀標簽，那就多事了。

人生來自由，本來不應有疆界困頓，能選擇自己喜歡的方式生活最為重要，只要不妨礙別人，喜歡做一棵紮根不動的大樹，還是喜歡做隨處流動的浮萍，悉由尊便。至於世人怎麼看，哪裏管得那麼多。如此，人才算活明白了。

人人皆演員

聽說朋友要演話劇，肅然起敬。演話劇不像拍電影，台詞可以拍一場背一場，演話劇是要背下全劇台詞的。

這就是令我肅然起敬的原因，因為我從小最怕背書，一背書便頭大如斗，記前忘後，費大神矣！

每想到這裏，竟還會慶幸自己還好不是演員。

然而，這世界上誰又不是演員呢？自從出世之後，角色就開始安排給你，先是演人兒女，繼而演兄弟姊妹，然後演同學少年、男女朋友，接下來角色愈來愈多，演上司演下屬，演夫演妻，一不慎又演人父母。至此人生才走了一小半，前路上還有各種角色繼續等着你出演。這也不到你願不願意，反正只要有一口氣，前頭總會有一個至幾個角色分派到你頭上。只要接到角色，你就必須演出。至於演得好不好則也須看各人資質，有的角色演得成功，有的角色演得失敗。

因為你是演員，不管能不能勝任，既然角色派定，便要勉力演下去，即使力不從心也不作興辭演的。在人生戲台上，有的角色被喝彩，有的角色被喝倒彩，這都有關演技，講些天分，跟努力與否有點關係，但也無必然關係。有的人其實演得不錯了，但自己總是不滿意，結果令跟他配戲的對手累死了。有的人演得極爛，但自我感覺卻無比良好，跟他配戲的對手便愈來愈少，結果只能演獨腳戲。儘管如此，因為還沒到閉幕時間，獨腳戲也要演下去。

人人都是演員，因為人生如戲。還好這台戲的台詞多數由自己編寫，而且允許臨場發揮，這就令像我這樣害怕照背台詞的人，不管接到什麼角色都尚能應付，某些角色甚至還演得不錯。

大家都是租客

日本旅行回來，跟老朋友喝茶聊天，說起幾十年香港滄桑，朋友說了句老話，「借來的時間，借來的地方」。

我說，其實從廣義來說，人生就是借來的。

我們身不由己來到世上，在地球某一處借居，百年之後走了，便把地方還了回去。

借居的地方有好有壞，有時運的差別。有的人生下來就炮聲隆隆，借住的地方又多天災又多人禍，比起那麼多不幸的租客，我們可以借居在香港這一塊福地生活，已是萬幸。時間是借來的，地方是借來的，借得好的就是福氣，沒有萬壽無疆，所以也不用去想那麼多了。

但凡看透了一點世情，人總會通達一些。同樣在地球上做一個租客，開開心心租約會到期，長吁短嘆租約也會到期，那就盡量令自己在租期之內自在一些，在還有自主能力的時候好好活在當下。

如此雖沒有什麼大志氣，但往往比那些志比天高的人活得自在。人生什麼都可以求，自在卻難得。都說「難得糊塗」，那是因為精明容易，糊塗難得，難得糊塗一下，拿不起就放下，馬上自在。

可以如此聊天的，都是明白人。明白人不跟人攀比，只想讓自己開心做一個時間的租客，在借來的地方和時辰之中，但求好好完成租約。好好完成租約的人，起碼是體面人。

父母不是偉人

父親節那天早上，網上朋友都在傳「父親節快樂」的訊息，叮叮咚咚收了許多。其中最常見的一句就是「父愛如山」，我就不禁笑問朋友：「父愛如山，是不是說父親身上有大山呀？」

母親節母親偉大，父親節父親偉大，許多為人父母者見了心情就特別愉快，隱隱然生兒生女就是偉人了。

這時候，我總是出來掃興，告訴那些沾沾自喜以為人父母者，為人父母，從自把自為將孩子生出來，以後的所謂「眠乾睡濕」、供書教學，以至「養兒一百歲，長憂九十九」，不過是盡本分而已，沒有什麼偉大不偉大。

你把孩子帶來世上，你就有責任養育他們，盡力而為，養得好是盡了本分，養得不好就是失責。絕對的問責制，就像那些問責制的高官，他完成了任務就是盡了本分，可以得到市民說幾句讚許，已是最高榮譽。如果還求市民感激，將自己「偉大」

起來，那不但自作多情，還有點無恥。作為問責制的父母也作如是觀。如果子女覺得你還算負責，責任完成得不錯，讚你好甚至稱你偉大，那是他們的讚許，但你自己要知道分寸，不要驕傲居功，更不要自覺對兒女做了多麼偉大的事情。愛是你要做的，孕是你不避的，香火是你要繼承的，那責任就要你負了，這責任有一大堆，包括愛孩子。所以父愛也好母愛也罷，不過是本分，不是恩典，父母對兒女好是應該的，兒女對父母好是花紅，得了花紅，要感激的應該是你。可見，為人父母者，不求偉大，只求明事理。

好話和壞話

每天少不得說話。有的話是對人說的，有的話是對自己說的，對自己說的，都是老實話，但對人說的，則不一定。

這就像好話和壞話一樣。說好話的時候，未必真心實意，因為許多好話都很虛，只是因為人都喜歡聽好話，如果交往的時候不想尷尬，話也就挑好聽的說，說得對方心花怒放，信以為真——好話是很容易叫人信以為真的——至於這好話是不是真話，則只有說話的人才知道。場面愈大，好話愈多，隆重啦，成功啦，勝利啦，好聽極了。

與之相比，壞話則多數是真心話。說壞話的人常常比說好話的人真心，他們不會像說好話那樣浪費時間，不會那樣虛偽，幾乎句句發自內心。這其實大家都明白，所以有時候有疑難去問朋友，朋友或許就會說：你想聽真話還是聽假話？真話往往是壞話，假話才是好話。只是真的壞話不是人人受得住，所以只管用假的好話來安慰人，人喜歡聽好話，結果沒有聽到真話。

當然好話也有真話的，那就要看說話的場合，比如在人背後說的好話，往往都是真話。這一點倒是跟在人背後說的壞話一樣，都是真心實意的。所以要珍惜在人背後聽到的好話，那才是真正的好評。至於人背後的壞話也作如是觀，那個說壞話的人多數不是假裝的。若是既說不出好話，也說不出壞話，那還有一種話供你選擇，叫作「不說話」。

緣分

這天在家收拾舊物，見到一九九八年暑假帶着女兒去北京探望黃永玉先生時拍的照片。

那年在北京過暑假，正逢永玉先生在郊區的「萬荷堂」落成，前一天晚上跟黑蠻通了電話，他告知地址和行車路線（那時候還沒有民用的GPS），第二天下午到了「萬荷堂」，永玉先生帶路參觀，園子裏樓台迴廊，花木扶疏，極是愜意。走了一圈，永玉先生跟我女兒説，園子外面還有五畝桃林，水蜜桃剛熟，爺爺帶你採桃去。原來他知道小姑娘要來，特地為她準備了一隻小巧的竹簍，讓她揹在肩上，一老一少便轉到園後桃林。老爺子先教小姑娘摘桃技巧，説須用手掌，五指合攏採摘，避免給桃子擦過手背，手背毛孔沾了桃毛，會癢死你的。示範完畢，兩人便鑽進林子裏摘桃，伏低攀

高，興高采烈，轉眼已摘滿一簍。永玉先生說這桃子剛採下來特別鮮甜，我們要趕快回家吃桃。於是一老一少便在路上煞有介事奔跑了起來。那年永玉先生七十五歲。

後來每到北京，只要永玉先生也在，便會去「萬荷堂」看他，有兩次拍電視節目拍到北京，也拉隊去他家叨擾。再後來女兒在倫敦蘇富比藝術學院讀完碩士要寫論文，一下就想到了可以寫黃爺爺。等她寫完論文，正好黃爺爺九十大壽，在北京開他的九十歲大展，我們全家便去了北京，去看他的畫展，到「萬荷堂」祝壽。說起來，真是緣分。

永玉先生一生傳奇，無論是早年的顛沛流離，還是中年歷劫難辛，於他來說，都是汲取養分的過程，為他的創作增彩添色，因為不論在什麼環境之下，他的內心從來都自由奔放，不受羈絆。所以他的人生是那麼豐富多彩。

梅溪阿姨

如果你問我哪一本書對我這輩子影響最大，那一定是《綠色的回憶》。那是小時候看的一本兒童小說，故事很簡單：一個北京的小學生在東北大興安嶺的森林裏過了一個暑假，他跟一個老頭子住在一起，在深山老林裏經歷了城市孩子想像不到的生活，知道大霧之後會出太陽，鮮艷的蘑菇有毒，他跟各種動物相處，最後還帶了一隻小鹿回到北京，從火車站神氣地牽着小鹿回家。

故事沒有驚天動地的情節，但書裏描繪的森林，又神奇又刺激，漂亮得不得了，充滿了超出城市孩子想像的樂趣。長大後回想，我對大自然的鍾情，不記次數往世界各地的深山老林裏鑽，樂此不疲，這一份興趣和熱誠，就是始自《綠色的回憶》。只是小時候看書沒有留意作者，直至幾十年之後，看到香港報紙上的一篇訪問，才赫然發現這本書的作者是黃永玉太太張梅溪阿姨。我非常激動去了黃府，跟梅溪阿姨說這本小說造就了我一輩子的興趣，只是認識那麼久竟不知道她是作者。她也很高興，以後見了，常會指着我笑說：「李純恩，你是我的學生。」二〇一一我在籌備出版人物攝影集《生命色彩》的時候，特地請她拿着一本《綠色的回憶》給我拍照，把一段緣分記錄下來。

前幾天，梅溪阿姨走了，享年九十八，高壽。知道消息後打電話給黃黑蠻，但電話沒接通。第二天晚上找到黑蠻，才知道遵照老人家意思，一切從簡，這天白天已把梅溪阿姨送走了。我跟黑蠻說，本來想送送阿姨的，結果緣慳一面，如今，我就在心裏面跟她說吧。

都是家人

那時候，香港人對藝人都像家庭成員一樣，非常親切。周潤發叫「發仔」，梁朝偉叫「偉仔」，劉德華叫「華仔」，周星馳叫「星仔」，任達華叫「華仔」，黃日華也叫「華仔」，張學友的「張」字從來省掉的，就叫「學友」。林子祥留了鬍子，不能叫「仔」，朋友一樣，但不叫「阿林」而叫「阿 Lam」，就像許冠傑叫「阿 Sam」一樣，有一點洋味。陳百強雖用英文名，但仍親如阿仔，叫「Danny 仔」。張國榮倒是就叫「Leslie」，Leslie 長 Leslie 短，也熟得像家裏人。曾江叫「Ken 哥」，胡楓叫「修哥」，謝賢曾被熟人笑稱「謝腎」，但終究被「四哥」一錘定音。

女藝人矜持些，多數呼名字，名字有中有英，也有中英結合，汪明荃稱「麗莎」，李司棋叫「司棋」，黃淑儀叫「Gigi」，鄭裕玲叫「嘟嘟」，葉倩文從台灣帶來了「莎莉」，張曼玉叫「Maggie」，相比之下，陳玉蓮叫「阿蓮」，鍾楚紅叫「阿紅」，就熟絡得好像隨時可以來家飲湯了。所以沈殿霞的「肥肥」，不叫她開心果都不行了。

如今，周潤發和任達華變了「發哥」和「華哥」，「家庭地位」升了。周星馳做了「星爺」，道行深了。Leslie 改稱了「哥哥」，賈寶玉了。「八〇後」的「Ken 哥」、「修哥」、「四哥」老定了，一路「哥」下去了。梁朝偉、劉德華永葆青春，變不了「哥」也成不了「爺」了。「學友」一直是「學友」，要是叫張先生，就見外了。「阿紅」現在是「紅姑」了，反而一早做劉德華姑姑的阿蓮，現在愈來愈多人叫她「蓮妹」，愈活愈年輕了。

梁氏夫婦和我

好久不見梁家輝江嘉年夫婦，電話拜年相約，元宵節中午一起吃飯。

他們的雙胞胎女兒都嫁人了，大女兒生了外孫女，已經五個月大。小女兒懷了外孫，過兩個月也要生了。家輝和嘉年升級做外公外婆十分帶勁，尤其是家輝，原本日子過得很隨意，但做了外公之後卻有了許多長遠的計劃打算，生命力似乎也旺盛起來。

當年我在香港電台第五台跟江嘉年搭檔做節目，有一天下午梁家輝來探班，在播音室外隔着玻璃窗探頭探腦跟我打招呼，就此發現了江嘉年，後來就把她娶走了。這一直是我說的版本。那大概是一九八五、八六年的事情。這天聊起，梁家輝說出了他的版本。他說有一天在港台化粧間化粧，在鏡子裏見到江嘉年經過，心中一動，便去跟電台門口接電話的阿姐打聽，摸了底。過了些日子，在電台大堂碰見江嘉年，想搭訕聊天，不料江嘉年先開口說你這個人真瘦。這句話讓梁家輝上了心。那時他住在清水灣一個朋友家裏，回去就開始練身體操肌肉，練了一個月，自覺見得人了，便穿了件背心，外罩牛仔褸，一路到港台，就是那天下午，佯作探我的班，實則是在江嘉年眼前展示操練成果，在播音室玻璃窗外跟我打完招呼便走來走去，孔雀開屏，牛仔褸不扣鈕，還時時「跌膊」，一身肌肉——其實也沒有多少——忽隱忽現，由此引起了江嘉年的注意。結果如何，大家都知道了。

這便是元宵節吃午飯的時候梁家輝說的版本，活靈活現，喜氣十足。意思是早有預謀，借我過橋。我跟他說，如果照我的版本，我是媒人。若是照他的版本，我是媒介。反正他們這段婚姻一定跟我有關。

這一說，四十年了。流年似水，老朋友敘舊，陳年賬也可翻出新趣來，興高采烈。年輕呀！

吳先生

看新聞得知「吳興記書報社」的吳中興先生走了，享年九十八歲，高壽了。

新聞說起吳先生的「吳興記」，提到的都是他們出版發行的《老夫子》，其實「吳興記」是香港最大的書報發行商，一九五四年成立，是香港無數報刊的發行代理，我以前工作過的《城市周刊》就由「吳興記」發行，也是在那時候認識了吳中興先生。

吳先生是湖北人，說國語帶濃重楚地口音，如不熟悉，聊天之時還真聽不懂幾成。他行事作風低調，為人客氣疏爽。一起吃飯，從不許我們埋單，說我們是小輩，吃飯應該長輩給錢。三十多年前，若是過年碰到他，口袋裏掏出來的利是，都是五百元一封。後來我結婚了，見他派利是就說結婚啦，不用派給我啦。但他堅持要派，理由還是長輩派的利是，不可以不收。

每次見他總是笑眯眯的，一笑一對眼睛就彎彎眯了起來。他喜歡聊天，分析香港出版大勢，哪份出版物有前途，哪份不行，眼光非常準。如果問起前塵往事，興致更高。他行伍出身，來到香港從推着單車送報開始，那時世道艱難，周街惡勢力，每遇欺侮，吳先生必激烈反抗。說到此處，吳先生才瞪起眼睛，揚起眉梢，那一口楚白也急促起來，加上手勢揮動，令聽故事的人如歷其境。待說完了，笑容重至，眼又眯了起來。由此白手興家，事業愈做愈大，錢愈賺愈多，發行生意從香港做到洛杉磯，那時在美國的朋友想看香港書報，都幫襯「吳興記」。吳先生念舊，疏財仗義，行內人若有困難，不少人得過他接濟。

不做周刊之後，便少見吳先生了。但偶爾經過上環樂古道口的「吳興記」，耳邊卻總像聽見他那一口楚地國語。他見了我從不直呼其名，總是客氣叫「李先生」，那「李」字被他的口音叫出來，似廣東話「呢個人」的「呢」音，只要一聽見「呢先生」，就知道是吳先生叫我。如今，絕響了。

風琴舊事

阿城的書裏曾寫一個會修教堂木風琴的木匠。教堂裏的木風琴壞了，他就幫着修好，神父的提琴壞了，他也能修。木風琴修好之後，阿城說彈起來很好聽。

我小學教室裏也有一架木風琴，上音樂課的時候，音樂老師就彈琴教大家一起唱歌。我們小學一年級的時候，覺得音樂老師是個老太婆，如今回想，天可憐見，那時她大概還不到四十歲。她樣子有些凌亂，頭髮凌亂，衣服凌亂，戴着厚厚的眼鏡，教我們唱歌帶上海口音。她一邊彈琴一邊教我們唱歌，那架風琴應該已經漏風了，所以總讓人覺得走音喘氣，下面的腳踏板也殘了，踏踩的時候會噼啪作響。

音樂老師彈着這樣一架風琴，彈出來的音樂自然也十分凌亂，全班小學生跟着一齊唱歌，唱出來的歌令人感到整個教室都凌亂了。這就是我剛剛上學的時候對音樂課的印象，我覺得一切責任應該由那架破風琴來負，是它連累了音樂老師，我到現在還想得起她的樣子。

記憶是很奇怪的，有的事情忘記了，一輩子都想不起來。有的事情以為忘記了，但只要稍為一提，又在腦子裏鮮活了。這天就是因為在書架上隨手拿起阿城的《遍地風流》，看到上面這一段有關木風琴的情節，六十多年前在小學教室裏上音樂課的情景就浮在了眼前，看到了音樂老師奮力彈着那架破風琴，腳踏板噼啪噼啪響得叫人分心，琴聲走着音，老師仰首唱歌，手指彈出來的音符總像接不上拍子，久不久還要空出手托一托沉重的眼鏡，小學生們的歌聲也亂成一片。阿城說教堂的木風琴奏出來的聲音很好聽，大概是。可惜我從小聽的是一架五音不全的破風琴，連帶着對音樂老師印象都不好了。

徐媽死得太早

西風吹，戰鼓擂，國際文革形勢一片大好，繼英國之後，美國的革命群眾也激情高漲，到處搜查「種族主義」的殘渣餘孽，從名人銅像到南軍旗幟，無一漏網，收穫甚豐。最新捷報，是啟發了HBO高層知識分子的政治覺悟，把八十年前奥斯卡最佳影片《亂世佳人》從網上平台下架。

將《亂世佳人》下架，據說是這一部拍於一九三九年的電影美化了黑奴生活，美化黑奴生活就是美化奴隸主形象，何等政治不正確！由此，我也想起了從前上海老家的老傭人徐媽。

徐媽解放前在我們家做傭人，解放後兩年，我們家的女人也窮得差點出去做傭人了，徐媽自然留不住，回到了朱家角鄉下。「文革」爆發，村裏的革命群眾開大會，要找人控訴「萬惡的舊社會」，想起幫上海資本家做了幾十年傭人的徐媽，就把她請上了台，讓她說說自己的血淚史。徐媽拗不過，上了台侃侃而談：「老爺太太都挺和善，對我們下人一點架子都沒有，有時下午跟老爺太太去點心店，一人一碗蝦仁麵，老爺怕我不夠，還拚命把他碗裏的蝦仁撥給我，少爺小姐們——」話音未落，坐在台上的村支書就突然雷鳴般高呼起口號來：「不怕階級苦！牢記血淚仇！」趁着台上革命群眾振臂高呼之際，連忙把徐媽拉下了台。

現在回想，中國農民的政治覺悟始終不高，要是換了今日美國的知識分子和革命群眾，徐媽這麼美化「奴隸主」，一定罪該萬死，早就扔河裏餵大閘蟹了。徐媽死得太早，便宜她了。

老張釣魚

老張今年退休，看看銀行存摺，數目不大，養老金看起來很羞澀。於是他上了五台山，想去求一籤問問前程。誰知才到廟門口，就碰到一個高僧從廟裏走出來，對老張笑了一笑。

老張覺得有緣分，於是就向高僧請教，看看有何生財之道。

高僧聽老張說完，就問他：「假如有一根釣魚竿和五百斤魚放在你面前，你會選哪一樣？」

老張說：「我選五百斤魚。」

高僧搖頭說：「施主，目光太短淺了，五百斤魚雖多，總會吃完，但有了魚竿，就可以一直釣魚了。這個道理你懂嗎？」

老張說：「大師，這個你就不懂了。我有五百斤魚，不會自己吃，而是拿出去賣。一斤魚賣五塊錢，五百斤魚可賣得兩千五百元，魚竿一根一百元，我去買十根，才花一千元，然後再拿一千元出來請十個人幫我釣魚，剩下五百元買張麻將枱，約幾個朋友來，一邊打麻將，一邊等釣魚的人送魚來，這樣，魚也釣了，自己還有娛樂，也不耽誤賺錢。」

一番話聽得高僧兩眼發直，喃喃問：「你是哪裏來的香客？」老張回答：「上海。」

高僧一拍腦袋，晦氣說：「阿彌陀佛，老衲不想再跟你們上海人說話，上海的房價沒有弄死你們，竟然跑到五台山來尋老衲開心！」老張馬上就覺得這老和尚也不怎麼樣，便打道下山，回上海買魚竿去了。

打劫的故事

吃飯的時候，兩個朋友說被打劫的經歷。

艾迪在巴西里約熱內盧住了近二十年，前後被打劫了三次，還有一次是綁架，但綁匪綁錯了他的司機，知錯能改，把司機放了，也沒再去綁他。

這種地方還能住嗎？聽的人都大驚失色，但艾迪說，在巴西，二十年才被打劫三次，很合理了，沒問題的。

接着尊尼說他當年去馬尼拉拍電視的經歷。那天晚上跟另一個香港同事在馬尼拉坐的士，的士駛到僻靜處停下，司機的同伙開門上車，把尊尼擠到中間，拿槍指着他叫打劫，叫他雙手抱頭不許動。尊尼聽話照做，但坐在另一邊的香港同事卻不停扭來扭去，劫匪火了，又大聲警告，最後劫走錢財，把他們車到另一個僻靜處，趕了下車，的士迅速開走。

兩個倒楣的香港人截了一輛路過的巴士，跟司機說被打劫了，身邊沒有錢，可以送他們回馬卡地區的酒店嗎？結果巴士司機很熱心地把他們送去警察局。辦案的警察一聽是持槍打劫，啪一下拉開抽屜，裏面有各種各樣的手槍，要他們指出劫匪用的是哪一種。哪裏認得出來？結果不了了之，警察開車把他們送回酒店。

安全之後，回過神來，尊尼開口罵香港同事：剛才那把槍指着我的時候，叫你別動，你為什麼還要扭來扭去，他媽的多危險！他的同事說，你以為我想動嗎？我在抽煙，給他一嚇，煙頭掉在大腿上！

蟹蠔相爭

新加坡有三個年輕女孩子去沙灘游泳曬太陽，風和日麗，見四周無人，便脫光了裸曬，無拘無束享受之際，其中一個一聲慘叫，原來私處被一隻蟹鉗住不放。

裸女自己搞不掂，難忍劇痛，兩名同伴趕來幫手，扯了半天，好不容易弄走了螃蟹，見裸女傷口頗深，她們怕蟹鉗有毒，傷口感染，情急之下，便輪流伏下，用嘴幫她啜毒，啜了半天，救護人員也來了，一邊幫裸女包紮嬌嫩之處，順便告訴她的同伴，蟹鉗是沒有毒的。

現實常常比戲劇還戲劇，以上情節若是在戲裏做出來，有極佳的喜劇效果，觀眾即使覺得劇本誇張，也一定會笑得噴飯。現在則是實況，真人慘痛教訓，但因為情節太過香艷搞笑，同情心是一回事，忍不住笑是另一回事。

如今有什麼發生，新聞界就會去找專家，全世界都這樣，新加坡記者當然不可免俗，他們不但找醫療專家來評論私處被蟹鉗了之後有什麼後果，還找海洋專家來解說沙灘上的螃蟹為什麼會鉗裸女私處，專家很認真地回答，那隻蟹可能以為自己遇見生蠔了。

臭賊

印度有個竊賊，警察有好幾次已經抓到他了，卻又讓他跑掉，因為這個賊慣用「臭功」，每次在警察抓到他的時候，他就會突然在褲襠裏拉一泡屎，頓時又臭又髒，令捉他的警察愕然縮手，他便趁機逃之夭夭。

三番四次之後，這個臭賊出了名，令想捉他歸案的警察們產生了極大的心理障礙，臭人髒人見得多，如此極品卻叫差哥哥聞風喪膽。眼看此賊連連作案，次次逃脱，警察們也覺得太丟面子。在最近一次抓捕行動時，鐵了心的警察們都戴好了口罩和手套，有備而至。那賊人眼見被圍，故技重施，準時拉屎，結果大無畏的警察一擁而上，不避屎溺，屏住呼吸，七手八腳將他制服，成功緝拿歸案。到了警察局之後，二話不説將他脱光了趕進浴室，清水狂射，沖乾沖淨，這才鬆一口氣。被捕之後，臭賊肚子裏的貨也都清倉了，據説特別安靜，不再造次。

在動物界中，也有許多會利用髒和臭作武器的傢伙，比如黃鼠狼受到攻擊之時，若打不過對手，就會放一個像毒氣彈一樣的臭屁，威力之大，足以令牠的對手暈頭轉向，牠就趁臭而遁，逃之夭夭。又或者像河馬，打架的時候會掉轉身體，用屁股對着敵人，然後拉屎，邊拉邊將尾巴風車般轉起來，頓時屎花飛濺，打得敵人一頭一臉，赫然而退。上述那個印度臭賊或許就是從黃鼠狼和河馬身上得到了啟發，學了這套功夫，竟也成功。畢竟怕髒怕臭是動物天性，印度警察也不例外。

莊子有曰：「道在屎溺」，意思是事物的本質都是一樣的，沒有貴賤之分。舉一反三，印度那個賊人必定認為只要能逃脫警察抓捕之手，但凡是有效的手法就可以用，何懼髒臭尷尬，因此便練成了這樣的絕招，一肚子古道熱腸，一使勁噴薄而出，聞者色變，生人勿近。竟還因此成名了。

做個有趣人

朋友的兒子大學畢業之後又找了份不錯的工作，父親十分高興，請老友吃飯慶祝，席間要世叔伯們教世侄一些為人之道，傳些錦囊。我便說，不要這麼難為孩子。

孩子都讀完大學了，要明白的事情都明白了，不明白的事情，由他踏上社會之後，自己慢慢去參悟就是，何須一班世叔伯煞有介事「傳授」？老實說，有的人即使年紀大了，但不化就是不化，自己也未必活得明白，要他們教年輕人怎麼做人，不是笑話就是荒謬。

我跟世侄說，你現在才二十出頭，到三十歲定性也不遲。我一直以為，三十歲未必要做什麼成功的事情，但起碼是一個到了自己向自己負責的年紀，言行和決定，都應該自己負起責任。也就是說，不要再渾噩度日了。中國人的「三十而立」，並不是說一定要創出什麼事業來，而是到了這個年紀，人應該明白做人了。

在我三十歲的時候，曾要求自己「開開心心做人，明明白白做事，痛痛快快做愛」，也算是清楚了一個活法，不難為自己又對得起人，日子一直不至於太難過。到了今天，若再要我說人生處世之道，我想不外是：「做一個有趣人，辦幾件漂亮事。」人生在世，不求成就，但求有趣，有趣的人自己日子會好過一些，也令朋友愉快。做一輩子人，不用驚天動地，能辦幾件拿得出手的漂亮事，自己滿足，得人欣賞，留個美好回憶，足矣。

買兇奇案

廣西一個殺手收了兩百萬人民幣去殺一個人，他自己不動手，扣了一筆錢，做了判頭，把任務判給了第二個殺手。

不料第二個殺手跟他一樣，又做判頭，找來了第三個殺手。第三個殺手沒動手，又把任務判出去，就如此的「人同此心」，結果這一樁殺人任務經過五判六判，找到了最後一個殺手，二百萬的殺人金，到了他手裏的時候只剩下十萬。

這個殺手還是接了這樁生意，但他不是笨蛋，知道前面一定經過了層層剝削，起了異心，他找到了暗殺對象，告知原委，叫那個人作倒地被殺狀，拍了照片，再拿了張「死相」去交差收錢。這一件殺人案到此還沒結束，最後那個殺手還替被殺人報了警，警察將一串殺手一網成擒，但因為沒有一個人是殺手，也沒有真正殺人，這樁殺人案也就變了「殺人不遂案」，追到主謀，也就是那個花了兩百萬一無所得的冤大頭，把他抓起來判了五年徒刑，其餘判頭都一一判刑，刑罰最輕的那個判了七個月。

至此，這一樁買兇殺人案才真正落幕，猶如一齣喜劇，喜感十足，這種犯罪故事，平時只會在電影裏看到，如今卻活生生發生在生活中，說不定這也是影視作品對現實生活的影響，相信在不久的將來，這一樁買兇奇案會被搬上銀幕。從正能量角度來看，這樁奇案也說明中國人民的生活真的好了，人命愈來愈值錢，不但買一條人命需用巨款，殺手們也都放下屠刀做判頭做經理人了。這樣的正面信息傳出去之後，買兇殺人的事情必會大幅減少，在中國已找不到靠得住的殺手了。笨蛋才買兇，要殺人，只有自己動手了。

都是旅途中的事情

有一次姜文在演講的時候被聽眾問：為什麼你導演的電影在結局的時候畫面常常只有主角一個人？

姜文反問：到了最後，你不也是一個人嗎？

這是哲理。人來到世上的時候是獨自一個，然後不管經歷如何，安安靜靜還是轟轟烈烈，即使成了萬眾敬仰的偉人，在離開這個世界的時候，也必然是獨自上路。赤條條來去無牽掛。會牽掛的必定是還活着的人，至於孤身上路的那一位，則沒什麼關係了。

牽掛都是上路之前的事情，即使萬般放不下，終歸還是要撒手的。以前有個故事說一個畢生節儉的老頭子臨死之前已經說不出話，只是對着圍在身邊的子女伸出兩根手指。子女們不明所以，問了許多問題，老頭瞪着眼，依然豎着兩根手指不肯罷休。後來還是他的兒媳婦明白，就跟他說，知道了，以後油燈不點兩根燈芯，只點一根。

老頭聽了合上眼睛放下手指，這才嚥了氣。他沒嚥氣之前是萬般放不下，為了省一根燈芯而不肯上路，但上路之後，身邊已無人，子女們有沒有照他的吩咐過日子，又與他何幹。

所以看透了這一點，便也豁然了。獨自一人來到世上，所有交往的人事只不過是旅途中的風景，漂亮的風景盡量享受，難看的風景盡可能不看不記。反正你的腳步停不下來，盡量和跟得上節奏的人事交集，從中取得樂趣，或者留下點事蹟，不為用幾根燈芯操心。如此便很好了。終有一天，你的腳步快了，越過一切，「千山我獨行不必相送」。挺瀟灑的。

法國小學生

網上有法國總統馬克龍探訪小學的短片，他在教室裏和小學生們聊天，話題各式各樣，氣氛隨和而親切。突然有個學生要求他像老師一樣，在一分鐘之內解釋法國左派和右派的分別。馬克龍想了一下，拿起粉筆，在黑板上寫了「左派」和「右派」，講台下的小學生們開始替他計時。馬克龍在「左派」下寫了「平等」，在「右派」下寫了「自由」，很簡潔作了概括，然後說了一段話引導學生思考，大意是說凡事不能太左不能太右，最好取得平衡，這就符合了法國「自由，平等，博愛」的立國精神。

一分鐘的時間，馬克龍用得剛剛好，說完最後一句的時候連自己都得意地笑了起來。後來他走出教室，又被學生圍上來問東問西，氣氛十分融洽。馬克龍當然會有保鏢，但他跟小學生相處的時候，保鏢們都識趣避開了，學校的教職員也沒有出來前呼後擁，小學生們見了總統很自然，沒有畢恭畢敬，聊天的時候問題提得稀奇古怪，一派天真爛漫。看得出他們一定沒有事前被告誡有什麼規矩和禁忌，也沒有經過排練。

身在這一群活力十足的小學生之中，馬克龍也變得活潑可愛，一點不像總統，像個和小學生打成一片的老師。再看小學生們的表現，也是習慣了如此活潑的學習環境，他們的教師在平時教書也一定不會古肅死板。課堂裏來了個馬克龍，他們知道他是總統，但也沒怎麼把他當作一回事。這自然也是老師作的榜樣，如果他們的老師一見到國家領導人就激動得涎着臉如見皇帝，那這幫孩子也就不會如此「沒有規矩」了。

這樣的學生長大之後一定很有主見，思想活躍獨立，不大信服權威，很難叫他們識時務守規矩。這種學生，應該是進不了清華大學的。

信眾

不知是不是受了香港 2019 年來的風氣影響，去英國讀大學的女兒副科選修了政治。但在香港讀的是國際學校，家境富裕，平時對政治的興趣遠沒有對名牌球鞋那麼大，不知不解，到了英國，上課的時候就有點吃力，幸好還算有毅力，堅持了一個學期。

聖誕假期她回香港，跟我聊天的時候問：政治和宗教有什麼共同點？

我說，政治和宗教的共同點，是兩者都需要信眾，沒有信眾，政治就不是政治，宗教也不成宗教。

但凡人做了「信眾」，頭腦就容易簡單，情緒也容易被帶動，情緒被帶動起來，就感覺有了「信仰」，就一門心思，只管相信。這時候，道理也簡單化了，只要是相信的那個人說的，就是對的。反之，就是錯的。就像毛澤東說的那樣：「凡是敵人擁護的我們就要反對，凡是敵人反對的我們就要擁護。」非黑即白，非敵即友。相信這句話，也就沒有道理可講了。又如那句「信者得救」，相信了就有救，不信，有難也不救你。但為什麼敵人做的事情一定是錯的呢？為什麼相信了就有救呢？那是不能問的，因為一問就表示你不相信了，不相信就沒得救了。

但是，世事並不是這麼簡單的，所以不要那麼簡單就做了信眾，在做信眾之前，不妨先問問，問清楚了再相信也不遲。然後你可能發覺許多宗教和政治還有一個共同點，就是經不起盤問，你堅持問下去，對方就惱羞成怒了。經不起問的東西是靠不住的。但宗教和政治上經不起問的東西又實在太多。宗教還可以把責任推到神的身上，政治，就徹底是人為的。吃政治飯的人，只想找信眾，但他自己可能從來就不是信眾，所謂的「忠實信徒」，都在信眾裏。我跟還很純真的女兒說，明白了這一點，再多看些歷史，你副修的這門政治課，就容易讀通了。

大公豈會無私？

看人寫文章，提到某人品格，讚他「大公無私」，不禁啞然失笑。

前天跟在大學裏學政治的女兒聊天，說起中國各種政治運動中的響亮口號，也提到了這句「大公無私」。做人可以「大公」，但不會「無私」。

即使是相信做人要「大公無私」的人，也不可能像某種歌頌詞說得那樣「沒有一丁點私心雜念」。至於激勵你「大公無私」的人，更可能私心滿滿。便如在課堂上教育小學生要「大公無私」的老師，將「大公無私」說得高尚無比，但他自己必也免不了有許多私心。

「大公」是好事，「有私」也不一定壞，只要公私分明就好。如果強調「大公」一定要「無私」，若不是幼稚懵懂，便是別有用心，前者可笑，後者可怕。這類口號式的「金句」，只適合沒有腦子的人運用和感動，只要稍明事理，都知道不過是另一種假、大、空的變奏。凡人必有私心，私心有好有壞，看人而定。不能一句「他有私心」就斷定必屬壞事，但「大公無私」這句話，卻將「私」和「壞」劃上了等號，不然，「私」又礙了「公」什麼事？

所有的「公」裏面，必包藏了無數的「私」，一人為人人，人人也得為一人，不然就是人人把一人當傻子當祭品了。所以，如果有人跟你強調做人要「大公無私」的時候，就要提防這傢伙了。

害人非淺

紹興魯迅故居有一塊影壁，壁上書着四個大字：「民族脊梁」。

這四個字，初看正氣凜然，說的自然是魯迅的風骨，令人動容。但是再想一想，一個民族就靠一根脊梁撐住，這根脊梁能撐多久？民族脊梁塌了，這民族不也就軟不拉塌了？

一個民族，應該個個都有脊梁，人人都有擔當，這個民族才會像樣。反之，大家都指望一根脊梁，這根脊梁必斷無疑。由此可見把某人標榜為「民族脊梁」，明為標榜，實為靠害。再者，也在諷刺這個民族脊梁缺貨，如非這樣，偌大的一個民族，何須要強調一根脊梁？

這就是標籤的害處，但現在的人似乎又特別受落標籤這一套，因為一看就激動，不用動腦子。就如把一個人定為「香港良心」和「民主女神」之類，聽起來激動人心，卻不想想是如何把人逼上絕路。這樣把人逼上絕路了，自己則好像沒有責任了。

有什麼事情，由這些「脊梁」、「良心」、「女神」頂住，有什麼災難，當然也由「脊梁」、「良心」、「女神」去擋。這就是另類的人血饅頭了。

人心容易激動，因為腦子容易發熱，腦子容易發熱是因為少了冷卻劑。腦子裏的冷卻劑叫作「獨立思考」。這一劑，有助頭腦清醒，保持邏輯分明，可預防一種腦科大病，這種病，叫「人來瘋」。

大隱隱於窮

山東朋友見我最近常以「窮畫家」自居，就說其實你不算窮。我跟他說，即使不窮，也要裝窮，今時今日，裝窮好處多。

我知道山東人淳樸老實，便舉了許多例子向他說明，比如中國各地的「貧窮縣」。中國許多地方，都視可以被評上「貧窮縣」為特大喜訊，一旦上了榜，比中了狀元還高興，敲鑼打鼓，大肆慶祝，可以「貧窮」，簡直比富貴還振奮人心。因為「一方有難，八方支援」，窮出了名，等於好心人滾滾，財源滾滾。就像最近貴州一個「貧窮縣」，竟花了近一億人民幣造了一座世界上最大的苗族女神像，矗立山群，氣象萬千。如此「貧窮」，真是豪氣沖天，若不是當初被大家知道窮，哪裏會有今天這麼多閑錢。

山東人聽到此處，略有開悟，我便加深教育，說如今不但窮人要加倍裝窮，富人也要裝窮，因為富人招人羨慕，因羨生妒，最容易觸發人類「打土豪、分田地」的精明基因。你看看中國那些頂級招搖富豪今日的處境就知道，「富在深山有人知」最容易出事，不說「回家招喚」，光是「人民戰爭的汪洋大海」，也隨時把你淹死。這就是馬克思的偉大之處，他可以把人性中的共產基因發掘無遺，三唔識七都渴望有福同享。所以有錢人想要過安全日子，就要「大隱隱於窮」。

因此，不管真窮假窮，都要強調自己窮。你一窮，最多親戚躲避你，但全世界無數陌生人心馬上被打動，都會用「大愛」來包容愛護你，令你富得偷偷流油。說到此處，淳樸的山東朋友終於開竅，跟我說：「以後見你就叫窮畫家？」我翹起大拇指回答：「當然！」

開朗說終點

人若開朗，便不怕說沉重的話題，沉重的話題被開朗的人說出來，也不覺得太沉重。比如這天幾個朋友聊天，說起子女，這個有子，那個有女，都有債務要還。有一個無子無女的傢伙，便笑說自己無債一身輕。冷不防旁邊一個接話說，那你是到時候連個拔管子的人也沒有。

大家當然知道這個「拔管子」是什麼意思，也無顧忌，話頭便轉到了如果人生走到盡頭應該如何面對和處理的題目上去。

以前人們說到這個題目，兒女作用無非是在身邊送終，應該是不會想到「拔管子」的。可見時代變化，人的思維也跟着變化。在人口老化愈趨明顯的環境中，壽命增長了，人生面對的難題也隨之湧現。見多識廣之後，不由得不為現實思量。

前幾年出品的港產片《殺出個黃昏》，故事說謝賢飾演的殺手田立秋在古稀之年依然接到訂單，但訂單都來自一些不想苟活於世的人，他們請了殺手來送自己最後一程，幫自己了結殘生。這個構想純屬藝術創作，就像這天朋友們聊天說的「拔管子」一樣，只是對現實的困惑和思量，難道真的想去請人來拔管子不成？在長命百歲已經不是新聞也算不得祝福的今天，這樣的話題倒是可以坦言了。《殺出個黃昏》之所以受歡迎，其中一定有引人共鳴的因素。

這天朋友問我怎麼看這件事，我說我不怕死，只怕不能好好活。他們便起哄說不用怕，如果萬一不幸，到時不用為難你女兒，我們幫你找個拔管子的人！我大笑乾杯，一揖到底。

用右腦。寫的書

作者　李純恩
助理出版經理　陳思齊
責任編輯　何芷晴
封面設計　芝麻羔
美術設計　張思婷
出版　日閱堂出版社
發行　明報出版社有限公司
香港柴灣嘉業街 18 號
明報工業中心 A 座 15 樓
電話　2595 3215
傳真　2595 2646
網址　http://books.mingpao.com/
電子郵箱　mpp@mingpao.com
版次　二〇二五年七月初版
ISBN　978-988-8925-08-7
承印　美雅印刷製本有限公司

© 版權所有・翻印必究

本書之內容僅代表作者個人觀點及意見，並不代表本出版社的立場。本出版社已力求所刊載內容準確，惟該等內容只供參考，本出版社不能擔保或保證內容全部正確或詳盡，並且不會就任何因本書而引致或所涉及的損失或損害承擔任何法律責任。